Learn to Read Chinese, Book 4

Six Ghost Stories
in Easy Chinese

Learn to Read Chinese, Book 4

Six Ghost Stories in Easy Chinese

Written by Yunjie Xiong

IMAGIN8
PRESS

Published in the United States by Imagin8 Press LLC, Verona, Pennsylvania, US. For information, contact us via email at info@imagin8press.com, or visit www.imagin8press.com.

Our books may be purchased directly in quantity at a reduced price, visit www.imagiin8press.com for details.

Imagin8 Press, the Imagin8 logo and the sail image are all trademarks of Imagin8 Press LLC.

Written by Yunjie Xiong
Edited by Jeff Pepper and Xiao Hui Wang
Cover and book design by Jeff Pepper
Artwork by Next Mars, Luoyang, China
Audiobook narration by Junyou Chen

Based on stories by Pu Songling collected and published as 聊斋志异 (*Liáozhāi Zhìyì, Strange Tales from a Chinese Studio*), Zhonghua Book Company, Beijing, 2012. Originally published in 1766.

ISBN: 978-1959043690
Version 5.0

Acknowledgements

We are deeply indebted to the late Pu Songling, a Qing Dynasty writer and scholar who originally collected and retold these stories while working as a private tutor until his death in 1715. The stories and many others were circulated informally among Pu's family and friends, and eventually published in 1766 by a friend of his grandson, name unknown, as 聊斋志异 (**Liáozhāi Zhìyì**, *Strange Tales from a Chinese Studio*).

Many thanks to the team at Next Mars for their terrific illustrations, Xiao Hui Wang for editing the Chinese, Rui Zhang for proofreading the Chinese, Jeff Pepper for editing and proofreading the English, Jean Agapoff and Arnaud Ysmal for proofing the entire book, and Junyou Chen for the audiobook narration.

Audiobook

A complete Chinese language audio version of this book is available free of charge. To access it, go to YouTube.com and search for the Imagin8 Press channel. There you will find free audiobooks for this and many other books.

You can also visit our website, www.imagin8press.com, to find a direct link to the YouTube audiobook, as well as information about our other books.

Contents

Using This Book

Believe it or not, it's possible for you to read and understand the stories in this book even if you start off not knowing a single word of Chinese! We won't lie to you and say it will be easy, but with time and patience you can certainly do it.

Here's how. You'll notice that each story is shown in two versions: Chinese characters on the right-side pages, and phonetic spelling called "pinyin" on the left-side pages. These two versions are word-for-word identical.

There are no spaces between Chinese characters and no capital letters, so it's sometimes hard for tell the difference between a name and ordinary text. So to make things a bit easier, we underline all proper names, for example 美兰.

Also, some Chinese words require a single character, but others are made from two or more characters. But don't worry. Once you learn to recognize the characters, it becomes easy. Remember, a billion people around the world have already learned to read and write this language, so there's no reason why you can't do it too!

Let's do a quick example. Look at the title of the first paragraph of the first story. It's at the top of page 17. The two Chinese characters are 毒茶. Look across at the pinyin on page 16 and you'll see that the first word is pronounced dú[1]. Look up dú in the glossary (it's sorted alphabetically by pinyin), and you'll

---

[1] For now, don't worry for now about the tone marks above some of the characters. Just try to learn how to recognize the characters and what they mean. You can learn the correct pronounciation later. A good way to do that is to listen to the free audiobook, which you can find on YouTube or download from our website, www.imagin8press.com.

see that it means " poison." Do the same with the second character, 茶, and you'll see that it's pronounced **chá** and means "tea."

So now you see that the first story's title, made up of two Chinese characters, is "Poison Tea."

If you want to double-check to make sure you got the correct meaning, go to the English translation in the back of the book.

We also recommend that you listen to the free audiobook version of this story, which is available on the Imagin8 Press channel on YouTube.

Introduction

Tales of the supernatural were not widely popular in early Chinese history. Most people spent their time working in the fields, leaving little room for the telling of myths. And early Chinese philosophers focused on practical topics rather than the supernatural. As Zhuangzi famously said, "Outside the limits of the world of men, the sage occupies his thoughts but does not engage in discussions about anything."

But the Qin and Han emperors began seeking immortality and sought help from supernatural beings. As a result, rumors of fairies and immortals began to spread. At the same time, farmers engaged sorcerers to bring good weather, and Buddhism arrived in China from India.

Tales of spirits, immortals, ghosts, and monsters began to flourish, reaching their peak during the Jin and Six Dynasties (265 to 589 AD). These stories were often written as if they were actual events occurring in the real world, as the Chinese believed that immortals, fairies, and ghosts were real.

Storytellers told of supernature beings, creating elaborate and complex narratives known as Tang Dynasty Legends. The plots and artistic techniques of these legends were more intricate and sophisticated than the simpler, documentary-style supernatural tales of earlier periods.

Later, the Yuan and Ming Dynasties (1271 to 1644 AD) brought the genre called shenmo, literally "gods and monsters," stories about the struggles between gods, demons, immortals and mortals, using magical weapons and abilities. The most famous shenmo novels from this period are Journey to the West and The Investiture of the Gods.

This type of fantasy fiction remained popular through the

final Qing Dynasty (1644 to 1912 AD). One of the most famous works from this period is Pu Songling's 聊斋志异 (**Liáozhāi Zhìyì**, usually translated as *Strange Tales from a Chinese Studio*).

Pu Songling was a young scholar who passed the local imperial examination, but he was never able to pass the provincial examination. He continued to retake the exams while teaching the children of wealthy families to make a living. During these years he wrote Liaozhai Zhiyi, a collection of stories that he shared and circulated among his friends. The stories were written over several decades, and finally published in 1766, fifty nine years after his death.

From the perspective of a traditional Chinese scholar, for whom success was measured by passing the imperial examinations, Pu Songling was not particularly accomplished throughout his life. However, he was fascinated by stories of immortals, ghosts, and spirits, and enjoyed collecting them. His years living in the Chinese countryside provided him with a rich source of such tales.

Compared with other similar stories of that era, Liaozhai Zhiyi stands out for several reasons. First, it was written by a true scholar, making it more literary than the stories narrated by ordinary, illiterate storytellers. Drawing inspiration from the grand style of Tang Dynasty sagas, Pu Songling's writing was sophisticated and captivating. He knew how to engage readers by crafting a compelling narrative with a complex storyline and elegant prose.

Secondly, Pu Songling spent much of his life among Chinese peasants, giving him a deep understanding of their customs and beliefs. He was familiar with their views and legends about immortals, spirits, ghosts, and monsters, which were vastly different from the stories created by scholars who stayed in their libraries. His work harkens back to the ghost stories of the Six Dynasties, where people didn't merely invent stories; they truly believed in the events they described.

Finally, unlike successful people who often failed to understand the suffering of the common people. Pu Songling displayed compassion in his work. In Liaozhai Zhiyi, despite writing about ghosts and monsters, Pu Songling never viewed them as deviants. he always had a compassionate attitude, praising virtue and morality, sympathizing with innocent victims, and honoring protagonists who were willing to do what is right. Whether the protagonist was a fox spirit or a hanged ghost, as long as they did right things, there might be redemption at the end.

In this book, we have chosen a few of Pu's most famous stories. Some of his protagonists are unwilling to hurt innocent people and thus are redeemed in the end, while others are strong-willed and seek revenge. Others may not perform well in the imperial exam system, but remain open-minded and responsible and care for their families. They may not all be human; perhaps none of them are. But it doesn't matter whether they are human. What matters are the qualities they show. Sometimes ghosts and monsters are even more lovable than people in real life.

We hope you enjoy reading these stories!

Yunjie Xiong
Chiang Mai, Thailand
February, 2025
Revised July, 2026

中文故事

Zhōngwén Gùshì

Stories in Chinese

毒茶 (Poisoned Tea)

Just as drowning victims may transform into water ghosts and search for their next victim to replace them, those who die from poisoning might also seek a substitute, but the victim must die in the same manner as the ghost they replace. This phenomenon is referred to as 鬼找替身 (**guǐ zhǎo tìshēn**, "ghosts looking for substitutes") in Chinese folklore.

While the act of seeking a substitute is seen as malicious, Chinese people show a certain degree of understanding of these situations, which are not harshly criticized. This may be due to the fact that, in the absence of modern technology and medical knowledge, sudden deaths were very common, and people often faced them without clear explanations. To make sense of these tragedies, stories were created to offer reasons for such occurrences.

But despite this cultural understanding, selflessness and moral integrity remain highly valued qualities. As a result, these stories often praise those who resist the temptation to harm innocent people by refusing to seek substitutes for their own deaths.

Shuǐ Mǎng shì yī zhǒng chī le huì sǐrén de cǎo, yèzǐ hěn cháng, kāi lán sè de huā. Rén rúguǒ bù xiǎoxīn chī le tā, hěn kuài jiù huì sǐ diào, sǐ hòu biàn chéng Shuǐ Mǎng Guǐ. Rénmen xiāngxìn zhèyàng sǐqù de rén, zuòguǐ yě wúfǎ qù tóutāi, bìxū děngdào xià yīgè rén chī le Shuǐ Mǎng Cǎo sǐ diào, qián yīgè guǐ cáinéng líkāi qù tóutāi.

Yǒu yīgè jiào Zhù Shēng de nánrén, yǒu yītiān, tā qù fùjìn de chéngshì kàn zìjǐ de péngyǒu. Zǒu zài lùshàng, gǎnjué hěn kě, xiǎng yào hē shuǐ.

Lù biān yǒu gè xiǎo diàn, Zhù Shēng jiù jìnqù le, yīgè lǎo nǔrén ràng tā zuò xià, gěi le tā yībēi cháshuǐ. Tā wén le yīxià, gǎndào wèidào hěn qíguài, bù xiàng shì cháshuǐ. Tā jiù fàngxià cháshuǐ, méiyǒu hē, zhǔnbèi líkāi.

Lǎo nǔrén mǎshàng ràng tā děng yī děng, hǎn dào, "Sān Niáng, ná

毒茶

水莽是一种吃了会死人的草，叶子很长，开蓝色的花。人如果不小心吃了它，很快就会死掉，死后变成水莽鬼。人们相信这样死去的人，做鬼也无法去投胎，必须等到下一个人吃了水莽草死掉，前一个鬼才能离开去投胎。

有一个叫祝生的男人，有一天，他去附近的城市看自己的朋友。走在路上，感觉很渴，想要喝水。

路边有个小店，祝生就进去了，一个老女人让他坐下，给了他一杯茶水。他闻了一下，感到味道很奇怪，不像是茶水。他就放下茶水，没有喝，准备离开。

老女人马上让他等一等，喊道，"三娘，拿

yībēi hǎo chá lái."

Yǒu gè niánqīng de nǚrén ná le yībēi chá gěi Zhù
Shēng. Nǚrén fēicháng měilì, Zhù Shēng kàn dé
wàngjì le yīqiè. Zhù Shēng hē le nǚrén ná lái de chá,
wèidào fēicháng hǎo, hē wán le hái xiǎng yào, wèn
nǚrén jiāzhù zài nǎ.

Nǚrén zhǐshì xiàozhe shuō, "Nǐ wǎnshàng lái, wǒ hái
zài zhèlǐ."

Zhù Shēng ná le yīdiǎn cháyè, líkāi qù kàn péngyǒu
le. Dào le péngyǒu jiā, tā juéde bú shūfu, huáiyí shì
chá de yuányīn, jiù gàosù le péngyǒu zhèxiē
qíngkuàng.

Péngyǒu chījīng de shuō, "Bù hǎo le, zhè shì Shuǐ
Mǎng Cǎo. Wǒ fùqīn jiùshì zhèyàng sǐ de, méiyǒu
bànfǎ jiějué. Zěnme bàn?"

Zhù Shēng yě hěn hàipà, ná chū cháyè kàn, quèshí
shì Shuǐ Mǎng Cǎo. Yòu xiàng péngyǒu shuō le nàgè
nǚrén de qíngkuàng. Péngyǒu xiǎng

一杯好茶来。"

有个年轻的女人拿了一杯茶给祝生。女人非常美丽，祝生看得忘记了一切。祝生喝了女人拿来的茶，味道非常好，喝完了还想要，问女人家住在哪。

女人只是笑着说，"你晚上来，我还在这里。"

祝生拿了一点茶叶，离开去看朋友了。到了朋友家，他觉得不舒服，怀疑是茶的原因，就告诉了朋友这些情况。

朋友吃惊地说，"不好了，这是水莽草。我父亲就是这样死的，没有办法解决。怎么办?"

祝生也很害怕，拿出茶叶看，确实是水莽草。又向朋友说了那个女人的情况。朋友想

le yīxià shuō, "Zhè yīdìng shì Kòu Sān Niáng le."

Zhù Shēng tīng péngyǒu shuō duì le nǔrén de míngzì, wèn tā shì zěnme zhīdào de.

Péngyǒu shuō, "Tā shì nánbian yījiā yǒu qián rén de nǚ'ér, yīnwèi měilì ér chūmíng. Qián jǐ nián bù xiǎoxīn chī le Shuǐ Mǎng Cǎo sǐ le, biàn chéng le guǐ. Biérén shuō, rúguǒ zhīdào le gěi nǐ Shuǐ Mǎng Cǎo de guǐ de míngzì, qù tā jiālǐ zhǎo tā huózhe shíhòu chuānguò de yīfu, zhǔ shuǐ hē xiàqù, jiù bù huì sǐ."

Péngyǒu mǎshàng hé Zhù Shēng yīqǐ qù Sān Niángjiā, gàosù le tāmen zhèxiē qíngkuàng, guì zài ménkǒu yāoqiú tāmen bāngzhù. Rán'ér Sān Niáng jiā rènwéi zhǐyǒu Zhù Shēng sǐ le, zìjǐ de nǚ'ér Sān Niáng cáinéng líkāi qù tóutāi, suǒyǐ jùjué gěi tāmen Sān Niáng de yīfu.

Péngyǒu hé Zhù Shēng zhǐhǎo líkāi. Zhù Shēng fēicháng shēngqì, shuō, "Wǒ jíshǐ sǐ le, yě bù huì ràng nàgè nǔrén róngyì dì tóutāi."

了一下说，"这一定是<u>寇三娘</u>了。"

<u>祝生</u>听朋友说对了女人的名字，问他是怎么知道的。

朋友说，"她是南边一家有钱人的女儿，因为美丽而出名。前几年不小心吃了<u>水莽草</u>死了，变成了鬼。别人说，如果知道了给你<u>水莽草</u>的鬼的名字，去它家里找它活着时候穿过的衣服，煮水喝下去，就不会死。"

朋友马上和<u>祝生</u>一起去<u>三娘</u>家，告诉了他们这些情况，跪在门口要求他们帮助。然而<u>三娘</u>家认为只有<u>祝生</u>死了，自己的女儿<u>三娘</u>才能离开去投胎，所以拒绝给他们<u>三娘</u>的衣服。

朋友和<u>祝生</u>只好离开。<u>祝生</u>非常生气，说，"我即使死了，也不会让那个女人容易地投胎。"

Péngyǒu sòng Zhù Shēng huí jiā, hái méi jìnmén, Zhù Shēng jiù sǐ le. Jiārén fēicháng shāngxīn. Zhù Shēng zhǐyǒu yīgè ér zi, dào le ér zi yī suì de shíhòu, qīzǐ líkāi Zhù Shēng jiā, hé biérén jiéhūn le. Zhù Shēng de mǔqīn zìjǐ zhàogù háizi, shífēn xīnkǔ, jīngcháng shāngxīn de kū.

Yǒu yītiān, Zhù Shēng de mǔqīn zhèng bàozhe háizi kū, Zhù Shēng jìnlái le. Mǔqīn fēicháng hàipà, wèn tā zěnme huí shì.

Zhù Shēng shuō, "Wǒ sǐ hòu tīng dào nín zài jiālǐ kū, xīnlǐ hěn nánguò, suǒyǐ huílái zhàogù nín. Wǒ suīrán sǐ le, dàn yěyǒu le qīzǐ, xiànzài dài tā yīqǐ huí jiā lái zhàogù nín, qǐng nín bùyào dānxīn."

Mǔqīn wèn, "Shuí shì nǐ de qīzǐ?"

Zhù shēng shuō, "Sān Niáng jiā kànzhe wǒ sǐ, ér bù yuànyì bāngzhù wǒ. Wǒ duì tāmen fēicháng shēngqì, sǐ hòu jiù qù zhǎodào tā jiā de nǚ'ér. Suīrán tā yǐjīng tóutāi le, dàn wǒ háishì bǎ tā lā huílái, chéngwéi le wǒ de qīzǐ. Xiànzài wǒmen guānxì hěn

朋友送祝生回家，还没进门，祝生就死了。家人非常伤心。祝生只有一个儿子，到了儿子一岁的时候，妻子离开祝生家，和别人结婚了。祝生的母亲自己照顾孩子，十分辛苦，经常伤心地哭。

有一天，祝生的母亲正抱着孩子哭，祝生进来了。母亲非常害怕，问他怎么回事。

祝生说，"我死后听到您在家里哭，心里很难过，所以回来照顾您。我虽然死了，但也有了妻子，现在带她一起回家来照顾您，请您不要担心。"

母亲问，"谁是你的妻子？"

祝生说，"三娘家看着我死，而不愿意帮助我。我对他们非常生气，死后就去找到他家的女儿。虽然她已经投胎了，但我还是把她拉回来，成为了我的妻子。现在我们关系很

hǎo, méiyǒu wèntí."

Bùjiǔ, yīgè měilì de nǚzǐ zǒu jìnlái, xiàng Zhù Shēng de mǔqīn dǎzhāohū. Zhù Shēng shuō, "Zhè jiùshì Kòu Sān Niáng."

Jiù zhèyàng, Zhù Shēng yī jiāzhù zài yīqǐ guòrìzǐ. Suīrán érzi hé érzi de qīzǐ dōu bùshì huó rén, mǔqīn xīnlǐ yě hěn shūfu. Sān Niáng bù tài huì zuò jiāshì, dànshì tàidù chéngshí rènzhēn, duì rén yǒuhǎo.

Guò le yīduàn shíjiān, Sān Niáng qǐng Zhù Shēng mǔqīn bāngmáng tōngzhī zìjǐ de jiārén. Zhù Shēng bù ràng tōngzhī tāmen, mǔqīn háishì ànzhào Sān Niáng de yìsi, tōngzhī le Sān Niáng de fùmǔ.

Sān Niáng de fùmǔ tīng dào zhèyàng de qíngkuàng, fēicháng chījīng, mǎshàng lái dào Zhù jiā, yī kàn guǒrán shì zìjǐ de nǚ'ér, kū de fēicháng shāngxīn. Sān Niáng ràng tāmen bùyào kū.

Sān Niáng de fùmǔ yòu kàn dào Zhù jiā hěn qióng, tiáojiàn bù hǎo, hěn shì dānxīn. Sān Niáng shuō, "Rén yǐjīng sǐ le, méishénme hǎo

好，没有问题。"

不久，一个美丽的女子走进来，向祝生的母亲打招呼。祝生说，"这就是寇三娘。"

就这样，祝生一家住在一起过日子。虽然儿子和儿子的妻子都不是活人，母亲心里也很舒服。三娘不太会做家事，但是态度诚实认真，对人友好。

过了一段时间，三娘请祝生母亲帮忙通知自己的家人。祝生不让通知他们，母亲还是按照三娘的意思，通知了三娘的父母。

三娘的父母听到这样的情况，非常吃惊，马上来到祝家，一看果然是自己的女儿，哭得非常伤心。三娘让他们不要哭。

三娘的父母又看到祝家很穷，条件不好，很是担心。三娘说，"人已经死了，没什么好

dānxīn de. Érqiě Zhù jiā dài wǒ hěn hǎo, nǐmen yě kěyǐ fàngxīn le."

Yòu duì Zhù Shēng shuō, "Wǒ shì nǐ de qīzǐ, nǐ què bù hé wǒ fùmǔ shuōhuà, zhè ràng wǒ zěnme xiǎng ne?"

Zhù Shēng jiù kāishǐ hé Sān Niáng de fùmǔ shuōhuà.

Sān Niáng de fùmǔ huí dào zìjǐ jiā, ràng rén lái Zhù jiā bāngmáng zuòshì, yòu gěi le Zhù jiā hěnduō qián, jīngcháng sòng gè zhǒng lǐwù. Zhù jiā de tiáojiàn hǎo le hěnduō.

Sān Niáng yě jīngcháng huí fùmǔ jiā qù zhù, zhù jǐ tiān jiù huí dào Zhù jiā. Sān Niáng de fùmǔ yě gěi zhù jiā xiū le xīn de fángzǐ, dànshì Zhù Shēng hái shì cónglái bu qù Sān Niáng fùmǔ jiā.

Yǒu yītiān, línjū yǒurén chī le Shuǐ Mǎng Cǎo sǐ le, bùjiǔ yòu huó guòlái méishì le. Dàjiā dōu juédé hěn qíguài.

Zhù Shēng shuō, "Shì wǒ bāngzhù le tā, gěi tā chī cǎo de guǐ shì Lǐ Jiǔ. Wǒ bāngzhù tā bǎ guǐ gǎn zǒu le."

担心的。而且祝家待我很好，你们也可以放心了。”

又对祝生说，“我是你的妻子，你却不和我父母说话，这让我怎么想呢？”

祝生就开始和三娘的父母说话。

三娘的父母回到自己家，让人来祝家帮忙做事，又给了祝家很多钱，经常送各种礼物。祝家的条件好了很多。

三娘也经常回父母家去住，住几天就回到祝家。三娘的父母也给祝家修了新的房子，但是祝生还是从来不去三娘父母家。

有一天，邻居有人吃了水莽草死了，不久又活过来没事了。大家都觉得很奇怪。

祝生说，“是我帮助了他，给他吃草的鬼是李九。我帮助他把鬼赶走了。”

Mǔqīn shuō, "Nǐ wèishénme bù zhǎo yīgè rén lái dàitì nǐ zìjǐ ne?"

Zhù Shēng shuō, "Wǒ duì zhè zhǒng rén fēicháng shēngqì, xiǎng bǎ tāmen quánbù xiāomiè, zěnme kěnéng zìjǐ zuò zhèyàng de shìqíng ne. Érqiě wǒ zhàogù nín hěn gāoxìng, bùxiǎng chóngxīn zuòrén."

Hòulái, fùjìn rúguǒ yǒurén bù xiǎoxīn chī le Shuǐ Mǎng Cǎo, jīngcháng jiù lái Zhù jiā yāoqiú bāngzhù, dōu néng huó guòlái.

Shí jǐ nián hòu, Zhù Shēng de mǔqīn sǐ le, Zhù Shēng hé qīzǐ hěn shāngxīn, dàn yě bù chūlái jiàn rén, zhǐ ràng érzi zhāohū kèrén. Yòuguò le liǎng nián, érzi yě jiéhūn le.

Yǒu yītiān, Zhù Shēng duì érzi shuō, "Shàngtiān rènwéi wǒ shìgè hǎorén, ràng wǒ qù zuò Hé shén, xiànzài jiù yào zǒu le."

Wàimiàn mǎshàng chūxiàn le sì liàng huángsè de mǎchē, Zhù Shēng fūqī chūmén shàng chē, hěn kuài jiù bùjiàn le.

母亲说，"你为什么不找一个人来代替你自己呢？"

祝生说，"我对这种人非常生气，想把他们全部消灭，怎么可能自己做这样的事情呢。而且我照顾您很高兴，不想重新做人。"

后来，附近如果有人不小心吃了水莽草，经常就来祝家要求帮助，都能活过来。

十几年后，祝生的母亲死了，祝生和妻子很伤心，但也不出来见人，只让儿子招呼客人。又过了两年，儿子也结婚了。

有一天，祝生对儿子说，"上天认为我是个好人，让我去做河神，现在就要走了。"

外面马上出现了四辆黄色的马车，祝生夫妻出门上车，很快就不见了。

Tóngyī tiān, Sān Niáng jiā fùmǔ yě jiàn dào nǚ'ér guòlái, shuō le tóngyàng dehuà. Fùmǔ kū dé hěn shāngxīn, Sān Niáng shuō, "Wǒ zhàngfū yǐjīng zǒu le." Chūmén jiù bùjiàn le, cóngcǐ yě méiyǒu zài huílái.

Zhù Shēng de érzi yāoqiú Sān Niáng jiā de yǔnxǔ, jiāng Sān Niáng de gǔtou hé zìjǐ fùqīn de gǔtou mái zài yīqǐ.

同一天，三娘家父母也见到女儿过来，说了同样的话。父母哭得很伤心，三娘说，"我丈夫已经走了。"出门就不见了，从此也没有再回来。

祝生的儿子要求三娘家的允许，将三娘的骨头和自己父亲的骨头埋在一起。

陆判 (Judge Lu)

In ancient China, a system of competitive examinations was used to select candidates for government positions. Those who passed the local exams could become local officials, while those who succeeded in higher-level exams, particularly the national examination could become national officials. Officials held significant power and rights in ancient Chinese society.

The exams mainly consisted of writing essays on various topics related to Confucian classics, literature, law, and governance. Since there were many candidates but limited official positions, competition was intense. It was common for a scholar to spend many years preparing for the exams and securing an official position. Therefore, writing was an essential skill for Chinese scholars.

The underworld refers to the administrative realm of the afterlife, where King Yama presides over the dead and underworld judges assist him by judging the souls of the deceased. The administrative system of the underworld is very similar to that of the human world, which is why Zhu's underworld judge friend could so easily assist him in writing the essays mentioned in this story.

Yǒu gè xìng Zhū de xuézhě, xǐhuān jiāo péngyǒu, dànshì bù cōngmíng. Suīrán xuéxí hěn nǔlì, wénzhāng què xiě dé bù hǎo.

Chéngshì li yǒu gè Yán Luó Wáng de miào, qízhōng yǒu yīgè Pànguān shénxiàng, liǎn shì lǜsè de, tèbié ràng rén hàipà.

Yǒu yītiān, Zhū hé tóngxuémen hējiǔ, yǒurén kāiwánxiào, ràng tā qù Yán Luó Wáng de miào, bǎ Pànguān de shénxiàng bān lái. Zhū xiàozhe zǒu le, zhēn de bǎ Pànguān de shénxiàng bān le huílái, fàng zài zhuōzi shàng. Qítā rén hěn hàipà, yòu ràng tā bǎ shénxiàng sòng huíqù.

Zhū ná le yībēi jiǔ, dào zài dìshàng, duì shénxiàng shuō, "Wǒmen shì kāiwánxiào, qǐng bùyào shēngqì. Wǒjiā jiù zài fùjìn, nǐ yǒu shíjiān lái hējiǔ, bùyào kèqì."

陆判

有个姓朱的学者，喜欢交朋友，但是不聪明。虽然学习很努力，文章却写得不好。

城市里有个阎罗王的庙，其中有一个判官神像，脸是绿色的，特别让人害怕。

有一天，朱和同学们喝酒，有人开玩笑，让他去阎罗王的庙，把判官的神像搬来。朱笑着走了，真的把判官的神像搬了回来，放在桌子上。其他人很害怕，又让他把神像送回去。

朱拿了一杯酒，倒在地上，对神像说，"我们是开玩笑，请不要生气。我家就在附近，你有时间来喝酒，不要客气。"

Dì èr tiān wǎnshàng, zhū zài jiālǐ, yǒurén jìnlái le, yī kàn shì zuótiān de Pànguān.

Zhū shuō, "Zuótiān wǒ duì nǐ bù lǐmào, nǐ shì lái ràng wǒ sǐ de ma?"

Pànguān xiàozhe shuō, "Bùshì, zuótiān nǐ yāoqǐng wǒ, jīntiān wǒ yǒu shíjiān, jiù lái le."

Zhū fēicháng gāoxìng, qǐng tā zuò xià, jiào jiālǐ de rén zuò fàn, liǎng gèrén yīqǐ hējiǔ.

Zhū wèn Pànguān de míngzì, Pànguān shuō, "Wǒ xìng Lù, méiyǒu míngzì."

Liǎng gèrén tǎolùn zěnme xiě wénzhāng, Lù fēicháng shúxī xiě wénzhāng de fāngfǎ.

Zhū wèn tā, "Nǐmen yě yào xiě wénzhāng ma?"

第二天晚上，朱在家里，有人进来了，一看是昨天的判官。

朱说，"昨天我对你不礼貌，你是来让我死的吗？"

判官笑着说，"不是，昨天你邀请我，今天我有时间，就来了。"

朱非常高兴，请他坐下，叫家里的人做饭，两个人一起喝酒。

朱问判官的名字，判官说，"我姓陆，没有名字。"

两个人讨论怎么写文章，陆非常熟悉写文章的方法。

朱问他，"你们也要写文章吗？"

Lù shuō, "Duōshǎo dǒngdé yīdiǎn."

Lù fēicháng néng hējiǔ, yīhē jiùshì hǎojǐ bēi. Zhū shuìzháo le, tā xǐng lái de shíhòu, Lù yǐjīng líkāi le.

Yúshì Lù jīngcháng lái Zhū jiā, Zhū gěi tā kàn zìjǐ xiě de wénzhāng, tā dōu shuō bu hǎo. Yītiān wǎnshàng Zhū shuìzháo le, hūrán juédé dùzǐ téng, xǐng lái yī kàn, Lù dǎkāi le tā de dùzǐ, zhèngzài zhěnglǐ lǐmiàn de dōngxī.

Zhū qíguài de shuō, "Wǒ hé nǐ guānxì hěn hǎo, wèishénme yàohài wǒ?"

Lù xiàozhe shuō, "Bié hàipà, wǒ gěi nǐ huàn yīgè cōngmíng de xīn."

Lù zhěnglǐ wán, bǎ Zhū de dùzǐ hé shàng, yòng yīfú bāo hǎo. Zhū kànjiàn chuángshàng méiyǒu xiě, dùzǐ yě méiyǒu gǎnjué, zhuō shàng fàngzhe yī ge xīn, wèn Lù, "Zhè shì zěnme huí shì?"

Lù shuō, "Zhè shì nǐ de xīn, nǐ xiě bù hǎo wénzhāng, shì yīn

陆说，"多少懂得一点。"

陆非常能喝酒，一喝就是好几杯。朱睡着了，他醒来的时候，陆已经离开了。

于是陆经常来朱家，朱给他看自己写的文章，他都说不好。一天晚上朱睡着了，忽然觉得肚子疼，醒来一看，陆打开了他的肚子，正在整理里面的东西。

朱奇怪地说，"我和你关系很好，为什么要害我？"

陆笑着说，"别害怕，我给你换一个聪明的心。"

陆整理完，把朱的肚子合上，用衣服包好。朱看见床上没有血，肚子也没有感觉，桌上放着一个心，问陆，"这是怎么回事？"

陆说，"这是你的心，你写不好文章，是因

wèi nǐ de xīn bù cōngmíng, wǒ zhǎodào le yīgè cōngmíng de xīn, ná lái gěi nǐ huàn shàng." Ránhòu líkāi le.

Zǎoshang Zhū jiǎnchá zìjǐ de shēntǐ, yīqiè dōu hěn zhèngcháng. Zhīhòu Zhū jiù néng xiě chū fēicháng hǎo de wénzhāng, dúguò de shū yě dōu bù huì wàngjì.

Guò le jǐ tiān, Zhū yòu gěi Lù kàn zìjǐ xiě de wénzhāng.

Lù shuō, "Wénzhāng hěn hǎo le, zhǐshì shàngtiān juédìng, nǐ bùnéng dāng dà guān, zhǐ néng dāng xiǎo chéngshì de guān."

Zhū wèn, "Shénme shíhòu?"

Lù shuō, "Jīnnián."

Méi duōjiǔ, Zhū guǒrán zài kǎoshì zhōng déliǎo dì yī, tā jiào Lù qù tā jiā hējiǔ, hē dào yībàn, shuō, "Zhīqián xièxiè nǐ gěi wǒ huàn xīn, wǒ hái yǒuyī jiàn shìqíng qǐng nǐ bāngzhù wǒ."

Lù wèn, "Shì shénme shì?"

为你的心不聪明，我找到了一个聪明的心，拿来给你换上。"然后离开了。

早上朱检查自己的身体，一切都很正常。之后朱就能写出非常好的文章，读过的书也都不会忘记。

过了几天，朱又给陆看自己写的文章。

陆说，"文章很好了，只是上天决定，你不能当大官，只能当小城市的官。"

朱问，"什么时候？"

陆说，"今年。"

没多久，朱果然在考试中得了第一，他叫陆去他家喝酒，喝到一半，说，"之前谢谢你给我换心，我还有一件事情请你帮助我。"

陆问，"是什么事？"

Zhū shuō, "Nǐ kěyǐ huàn xīn, bùzhī nǐ néng bùnéng huàn tóu. Wǒ de qīzǐ bù měilì, nǐ kěyǐ gěi tā huàngè tóu ma?"

Lù xiàozhe shuō, "Hǎo, dànshì wǒ xūyào shíjiān lái zhǎo héshì de tóu."

Guò le jǐ tiān, Lù bànyè lái qiāo mén, Zhū ràng tā jìnlái. Lù názhe yīgè tóu, xiàozhe shuō, "Zhè shìqíng běnlái hěn kùnnán, dàn wǒ xiànzài zhǎodào le yīgè měilì nǚrén de tóu, jiù ànzhào nǐ de yāoqiú lái le."

Zhū yī kàn, réntóu shàng hái yǒu xiě, zhāojí de bǎ Lù dài dào zìjǐ qīzǐ de fángjiān, tā de qīzǐ zhèngzài shuìjiào. Lù ràng Zhū názhe réntóu, zìjǐ ná chū dāo, kǎn diào le zhū de qīzǐ de tóu, yòu qǔchū dài lái de tóu huàn shàng, xiǎoxīn de děng le yīhuǐ'er, rènwéi réntóu fàng zhèng le, ràng Zhū de qīzǐ tǎng hǎo, guānmén xiūxí, zìjǐ líkāi le.

Zhū de qīzǐ xǐng lái, gǎnjué hěn qíguài, yòng shǒu shì le yīxià, bózǐ shàng quándōu shì xiě. Tā fēicháng hàipà, jiào rén ná

朱说，"你可以换心，不知你能不能换头。我的妻子不美丽，你可以给她换个头吗？"

陆笑着说，"好，但是我需要时间来找合适的头。"

过了几天，陆半夜来敲门，朱让他进来。陆拿着一个头，笑着说，"这事情本来很困难，但我现在找到了一个美丽女人的头，就按照你的要求来了。"

朱一看，人头上还有血，着急地把陆带到自己妻子的房间，他的妻子正在睡觉。陆让朱拿着人头，自己拿出刀，砍掉了朱的妻子的头，又取出带来的头换上，小心地等了一会儿，认为人头放正了，让朱的妻子躺好，关门休息，自己离开了。

朱的妻子醒来，感觉很奇怪，用手试了一下，脖子上全都是血。她非常害怕，叫人拿

lái shuǐ xǐliǎn, shuǐ lǐ yě dōu shì xiě. Ná jìngzǐ yī zhào, bùshì zìjǐ de liǎn, gèng hàipà le.

Zhū jìn fángjiān gàosù le tā yuányīn. Qīzǐ yòu ná qǐ jìngzǐ, zhàozhe zìjǐ zǐxì de kàn, xīn huàn de liǎn shífēn měilì, zhǐshì liǎn hé bózǐ de yánsè bù yīyàng.

Zhū suīrán wénzhāng xiě dé hěn hǎo, dàn yīzhí méiyǒu dāng shàng dà guān, hé Lù yě yīzhí shì hǎo péngyǒu.

Zhèyàngguò le sānshí nián, yītiān, Lù shuō, "Nǐ kuàiyào sǐ le."

Zhū wèn, "Nǐ néng ràng wǒ huó dé gèng jiǔ ma?"

Lù shuō, "Shàngtiān de juédìng, rén bùnéng gǎibiàn, érqiě huàn yī zhǒng kànfǎ, huózhe hé sǐ le yě méiyǒu qūbié, bù yīdìng yào rènwéi huózhe jiùshì hǎo de, sǐ le jiùshì huài de."

Zhū juédé tā shuō dé duì, jiù bù zài wèn le.

Guò le jǐ tiān, zhū zhēn de sǐ le.

来水洗脸，水里也都是血。拿镜子一照，不是自己的脸，更害怕了。

朱进房间告诉了她原因。妻子又拿起镜子，照着自己仔细地看，新换的脸十分美丽，只是脸和脖子的颜色不一样。

朱虽然文章写得很好，但一直没有当上大官，和陆也一直是好朋友。

这样过了三十年，一天，陆说，"你快要死了。"

朱问，"你能让我活得更久吗？"

陆说，"上天的决定，人不能改变，而且换一种看法，活着和死了也没有区别，不一定要认为活着就是好的，死了就是坏的。"

朱觉得他说得对，就不再问了。

过了几天，朱真的死了。

Yītiān, Zhū de qīzǐ zhèngzài jiālǐ xiǎngniàn zhàngfū, Zhū lái le, shuō, "Wǒ yǐjīng sǐ le, dàn yīnwèi dānxīn méiyǒurén zhàogù nǐ hé érzi, huílái kàn nǐmen."

Qīzǐ nánguò de shuō, "Wǒ tīngguò sǐrén fùhuó de gùshì, nǐ néng huílái, wèishénme bùnéng fùhuó?"

Zhū shuō, "Shàngtiān de juédìng, rén bùnéng gǎibiàn."

Qīzǐ yòu yào shuōhuà. Zhū shuō, "Lù pànguān yě lái le, ná jiǔ lái qǐng tā hē." Shuōzhe chūqù le.

Qīzǐ zhǔnbèi le jiǔ hé fàn, fàng zài kōng de fángjiān lǐ, tīngjiàn lǐmiàn yǒu rén shuōxiào, wánquán xiàng huózhe de shíhòu yīyàng. Tā bànyè zài qù kàn, liǎng gèrén yǐjīng bùjiàn le.

Hòulái, Zhū jīngcháng huí jiā bāngmáng, yě jiào érzi dúshū. Érzi hěn cōngmíng, jiǔ suì jiù néng xiě wénzhāng, shíwǔ suì jìn le xuéxiào, wánquán bù zhīdào zìjǐ de fùqīn bùshì huó rén.

一天，<u>朱</u>的妻子正在家里想念丈夫，<u>朱</u>来了，说，"我已经死了，但因为担心没有人照顾你和儿子，回来看你们。"

妻子难过地说，"我听过死人复活的故事，你能回来，为什么不能复活？"

<u>朱</u>说，"上天的决定，人不能改变。"

妻子又要说话。<u>朱</u>说，"<u>陆判官</u>也来了，拿酒来请他喝。"说着出去了。

妻子准备了酒和饭，放在空的房间里，听见里面有人说笑，完全像活着的时候一样。她半夜再去看，两个人已经不见了。

后来，<u>朱</u>经常回家帮忙，也教儿子读书。儿子很聪明，九岁就能写文章，十五岁进了学校，完全不知道自己的父亲不是活人。

Yǒuyītiān Zhū huí jiā shuō, "Yǐhòu bùnéng zài huí jiā. Shàngtiān ràng wǒ qù hěn yuǎn de chéngshì dāng guān."

Qīzǐ hé érzi bào zhù tā kū.

Zhū duì qīzǐ shuō, "Bùyào zhèyàng, érzi yǐjīng zhǎng dà, jiā lǐ yǒu qián kěyǐ guòrìzǐ. Shìjiè shàng nǎlǐ néng yǒu yǒngyuǎn zài yīqǐ de zhàngfū hé qīzǐ ní."

Tā duì érzi shuō, "Hǎo hǎo dúshū, shí nián hòu wǒ huì lái jiàn nǐ."

Yúshì líkāi, zhè cì zǒu hòu zài yě méiyǒu huí jiā.

Shí nián hòu, Zhū de érzi dāng le guān. Yītiān zǒu zài lùshàng, hūrán yǒu yī liàng mǎchē cóng shēnbiān jīngguò, kàn chē lǐ de rén, jiùshì zìjǐ de fùqīn. Érzi kūzhe guì xià.

Zhū tíng xià mǎchē shuō, "Nǐguò dé hěn hǎo, wǒ hěn gāoxìng." Ránhòu jiù ràng mǎchē zǒu, yě bù huítóu kàn, yīhuǐ'er jiù bùjiàn le.

有一天朱回家说，"以后不能再回家。上天让我去很远的城市当官。"

妻子和儿子抱住他哭。

朱对妻子说，"不要这样，儿子已经长大，家里有钱可以过日子。世界上哪里能有永远在一起的丈夫和妻子呢。"

他对儿子说，"好好读书，十年后我会来见你。"

于是离开，这次走后再也没有回家。

十年后，朱的儿子当了官。一天走在路上，忽然有一辆马车从身边经过，看车里的人，就是自己的父亲。儿子哭着跪下。

朱停下马车说，"你过得很好，我很高兴。"然后就让马车走，也不回头看，一会儿就不见了。

梅女 (Mei's Daughter)

The underworld is governed by King Yama and his officials, who oversee the judgment of souls. Throughout much of Chinese history the judicial system in the real life was seen as corrupt, leading people to believe in the law of karma, which says that one's actions ultimately bring corresponding rewards or punishments after they die.

In the underworld, the actions of the living are judged, and the consequences of their deeds unfold. Good deeds and virtuous people are rewarded, while those who commit evil acts are punished, either in this life or the afterlife. Some wrongdoers are even reborn as animals, enduring harsh and difficult lives as part of their karmic penance.

In this story, a corrupt judge commits numerous wrongful acts, and as a result, his wife is forced to work in the underworld to repay his karmic debts. Meanwhile, the female protagonist patiently waits sixteen years and ultimately succeeds in avenging herself against the corrupt judge who had wronged her. Her persistence in seeking justice not only brings help from others but also a reward in love.

This tale reflects the deeply rooted principle of justice in Chinese culture, mythology, and moral teachings, where good deeds are rewarded and evil actions are met with punishment.

Méi Nǚ

Yǒu gè nánrén míng jiào Fēng Yún Tíng, chūmén lǚxíng, zhù zài péngyǒu jiā. Yǒu yītiān, tā kànjiàn fángjiān lǐ de qiángbì shàng yǒu gè nǚrén de shēnyǐng, hǎoxiàng huà shàngqù de yīyàng. Tā yǐwéi zìjǐ kàn cuò le. Kěshìguò le yī huǐ, qiángbì shàng de shēnyǐng hái zài. Fēng Yún Tíng hěn qíguài, yòu zǒu guòqù kàn, qiángbì shàng shìgè niánqīng de nǚrén, kàn qǐlái hěn nánshòu, tǔzhe shétou, guà zài yī gēn shéngzi shàng.

Fēng Yún Tíng zhīdào zhè shìgè diào sǐguǐ, dànshì yīnwèi zài báitiān, bù tài hàipà, shuō, "Nǐ rúguǒ yǒu nánguò de shìqíng, wǒ kěyǐ bāngzhù nǐ."

Nǚrén mǎshàng cóng qiáng shàng xiàlái le, shuō, "Dì yī cì jiàn dào nǐ, bù hǎoyìsi máfan nǐ. Dànshì wǒ yīn wéi yīzhí guà zài shéngzǐ shàng, wúfǎ xiàlái, suǒyǐ zhǐ néng tǔzhe shétou. Qǐng nǐ bāngzhù wǒ bǎ fángjiān lǐ de fáng liáng shāo diào."

Fēng Yún Tíng tóngyì le, nǚrén jiù bùjiàn le. Fēng Yún Tíng wèn péng

梅女

有个男人名叫<u>封云亭</u>，出门旅行，住在朋友家。有一天，他看见房间里的墙壁上有个女人的身影，好像画上去的一样。他以为自己看错了。可是过了一会，墙壁上的身影还在。<u>封云亭</u>很奇怪，又走过去看，墙壁上是个年轻的女人，看起来很难受，吐着舌头，挂在一根绳子上。

<u>封云亭</u>知道这是个吊死鬼，但是因为在白天，不太害怕，说，"你如果有难过的事情，我可以帮助你。"

女人马上从墙上下来了，说，"第一次见到你，不好意思麻烦你。但是我因为一直挂在绳子上，无法下来，所以只能吐着舌头。请你帮助我把房间里的房梁烧掉。"

<u>封云亭</u>同意了，女人就不见了。<u>封云亭</u>问朋

yǒu zhè shì zěnme huí shì. Péngyǒu shuō, "Zhè
fángzǐ yǐqián shì Méi jiā de, wǎnshàng yǒu gè
qiángdào jìn fángjiān, bèi fà xiàn le, sòng dào Fǎguān
nàlǐ. Jiéguǒ Fǎguān shōu le qiángdào de qián, shuō
shì Méi jiā de nǚ'ér ràng qiángdào jìn fángjiān de.
Méi jiā nǚ'ér tīng dào zhīhòu hěn shēngqì, jiù zài
fáng liáng shàngdiào sǐ le. Wǒ mǎi le zhè fángzǐ,
jīngcháng yǒu qíguài de shìqíng fāshēng, dàn bù
zhīdào zěnme bàn."

Fēng Yún Tíng bǎ nǚrén dehuà gàosù le péngyǒu,
bìngqiě gěi le péngyǒu yīxiē qián. Péngyǒu jiù xiūlǐ le
fángzǐ, huàn le fáng liáng.

Méi Nǚ wǎnshàng yòu lái le, kàn qǐlái hěn
zhèngcháng. Liǎng rén liáotiān fēicháng kāixīn, Fēng
Yún Tíng hěn xǐhuān tā, xiǎng hé tā yīzhí zài yīqǐ. Méi
Nǚ shuō, "Wǒ yǒu yītiān huì shì nǐ de qīzǐ, dàn bùshì
xiànzài."

Dì èr tiān wǎnshàng, Méi Nǚ dài lái le yīgè niánlíng
dà yīdiǎn de nǚrén, shuō, "Tā jiào Ài Qīng, tā de
gōngzuò shì péi nánrén wánlè, tā kěyǐ péi nǐ." Sān
rén gāoxìng de wán yóuxì,

友这是怎么回事。朋友说，"这房子以前是梅家的，晚上有个强盗进房间，被发现了，送到法官那里。结果法官收了强盗的钱，说是梅家的女儿让强盗进房间的。梅家女儿听到之后很生气，就在房梁上吊死了。我买了这房子，经常有奇怪的事情发生，但不知道怎么办。"

封云亭把女人的话告诉了朋友，并且给了朋友一些钱。朋友就修理了房子，换了房梁。

梅女晚上又来了，看起来很正常。两人聊天非常开心，封云亭很喜欢她，想和她一直在一起。梅女说，"我有一天会是你的妻子，但不是现在。"

第二天晚上，梅女带来了一个年龄大一点的女人，说，"她叫爱卿，她的工作是陪男人玩乐，她可以陪你。"三人高兴地玩游戏，

hùxiāng liáotiān kāiwánxiào. Méi Nǚ bùjiǔ jiù líkāi le,
Ài Qīng péi Fēng Yún Tíng yīqǐ shuì. Fēng Yún Tíng
wèn Ài Qīng jiālǐ de qíngkuàng, tā bù yuànyì shuō,
zhǐshì shuō, "Nín rúguǒ xǐhuān wǒ, qiāo sān xià
qiángbì jiào wǒ, wǒ jiù huì lái. Rúguǒ méiyǒu lái,
shuōmíng wǒ méiyǒu shíjiān."

Zhīhòu, Méi Nǚ hé Ài Qīng jīngcháng lái Fēng Yún
Tíng de wūzǐ wánlè, hěn kuài zhōuwéi de rén dōu
zhīdào le.

Zhège chéngshì de Fǎguān, bùjiǔ zhīqián qīzǐ sǐ le,
hěn xiǎng tā. Tīng shuō Fēng Yún Tíng zhèlǐ kěyǐ jiàn
dào guǐ, xiǎnglái wèn zìjǐ qīzǐ zài yīnjiān de
qíngkuàng. Fēng Yún Tíng kāishǐ bù tóngyì, dànshì
Fǎguān jiānchí yāoqiú, Fēng Yún Tíng zhǐhǎo qiāo le
sān xià qiángbì, hái méiyǒu jiào míngzì, Ài Qīng jiù
jìnlái le.

Ài Qīng kànjiàn Fǎguān zài fángjiān lǐ, mǎshàng
zhuǎnshēn yào zǒu. Fǎguān kànjiàn tā, què shífēn
shēngqì, ná qǐ dōngxī jiù xiàng tā rēng guòqù, Ài qīng
yīxià jiù bùjiàn le.

Fēng Yún Tíng hěn chījīng, zhè shí yòu lái le yīgè lǎo
nǚrén, shēng

互相聊天开玩笑。梅女不久就离开了，爱卿陪封云亭一起睡。封云亭问爱卿家里的情况，她不愿意说，只是说，"您如果喜欢我，敲三下墙壁叫我，我就会来。如果没有来，说明我没有时间。"

之后，梅女和爱卿经常来封云亭的屋子玩乐，很快周围的人都知道了。

这个城市的法官，不久之前妻子死了，很想她。听说封云亭这里可以见到鬼，想来问自己妻子在阴间的情况。封云亭开始不同意，但是法官坚持要求，封云亭只好敲了三下墙壁，还没有叫名字，爱卿就进来了。

爱卿看见法官在房间里，马上转身要走。法官看见她，却十分生气，拿起东西就向她扔过去，爱卿一下就不见了。

封云亭很吃惊，这时又来了一个老女人，生

qì de shuō, "Nǐ zhège qiángdào, dǎ wǒjiā de nǚrén.
Nǐ yào gěi wǒ qián, hái yào shuō duìbùqǐ." Lǎo nǚrén
ná qǐ dōngxī xiàng Fǎguān rēng guòqù, dǎ zài Fǎguān
de tóu shàng.

Fǎguān nánshòu de shuō, "Tā jiùshì wǒ de qīzǐ, tā sǐ
le wǒ hěn shāngxīn. Jiéguǒ tā biàn chéng le guǐ, hái
yào qù péi bié de nánrén, zhè hé nǐ yǒu shé me
guānxì."

Lǎo nǚrén shēngqì de shuō, "Nǐ běnlái shìgè
qiángdào, huā qián mǎi le zhège guān. Nǐ dāng
Fǎguān, què bù ànzhào fǎlǜ zuòshì, shuí gěi nǐ qián,
nǐ jiù bāng shuí bànshì. Shàngtiān yào nǐ hái qián, nǐ
fùmǔ xiàngshàng tiān yāoqiú, ràng nǐ qīzǐ qù péi qítā
nánrén, bāng nǐ zài yīnjiān huán biérén gěi nǐ de
nàxiē qián, nǐ bù zhīdào ma?"

Shuōzhe yòu qù dǎ Fǎguān, Fǎguān hěn tòng, kāishǐ
dà jiào.

Fēng Yún Tíng hěn chījīng, dàn wúfǎ bāngmáng. Zhè
shí Méi Nǚ yě lái le, tā kàn qǐlái hěn kěpà, shétou yě
tǔ le chūlái, qù lā Fǎguān de ěrduǒ. Fēng Yún Tíng
gǎnjǐn duì tā shuō, "Tā jí

气地说，"你这个强盗，打我家的女人。你要给我钱，还要说对不起。"老女人拿起东西向法官扔过去，打在法官的头上。

法官难受地说，"她就是我的妻子，她死了我很伤心。结果她变成了鬼，还要去陪别的男人，这和你有什么关系。"

老女人生气地说，"你本来是个强盗，花钱买了这个官。你当法官，却不按照法律做事，谁给你钱，你就帮谁办事。上天要你还钱，你父母向上天要求，让你妻子去陪其他男人，帮你在阴间还别人给你的那些钱，你不知道吗？"

说着又去打法官，法官很痛，开始大叫。

封云亭很吃惊，但无法帮忙。这时梅女也来了，她看起来很可怕，舌头也吐了出来，去拉法官的耳朵。封云亭赶紧对她说，"他即

shǐ zuò cuò le shì, dànshì sǐ zài wǒ zhèlǐ, wǒ shì yào fùzé de, qǐng kǎolǜ yīxià wǒ ba." Méi Nǚ zhè cái lā zhù lǎo nǚrén shuō, "Xiànzài bù ràng tā sǐ, bùyào gěi Fēng xiānshēng dài lái máfan."

Zhè shí Fǎguān cái pǎo zǒu le, huí jiā bùjiǔ tā jiù sǐ le.

Dì èr tiān wǎnshàng, Méi Nǚ hěn gāoxìng de lái jiàn Fēng Yún Tíng, Fēng Yún Tíng wèn, "Tā zuò le shénme cuò shì?"

Méi Nǚ shuō, "Tā jiùshì yǐqián shōu le qiángdào de qián, shuō shì wǒ jiào qiángdào jìn wū de nàgè rén. Tā zài zhèlǐ dāng Fǎguān yǐjīng shíbā nián le, wǒ yě sǐ le shíliù nián le. Xiànzài tā zhōngyú sǐ le, wǒ yǐqián shuō wǒ huì zuò nǐ de qīzǐ, nǐ hái jìdé ma?"

Fēng Yún Tíng shuō, "Wǒ xiànzài yě xīwàng zhèyàng."

Méi Nǚ shuō, "Wǒ qíshí yǐjīng zài fùjìn chéngshì lǐ yījiā xìng Zhǎn de rén jiālǐ tóutāi le, nǐ dài shàng yīgè bāo, wǒ jiù néng

使做错了事，但是死在我这里，我是要负责的，请考虑一下我吧。"梅女这才拉住老女人说，"现在不让他死，不要给封先生带来麻烦。"

这时法官才跑走了，回家不久他就死了。

第二天晚上，梅女很高兴地来见封云亭，封云亭问，"他做了什么错事？"

梅女说，"他就是以前收了强盗的钱，说是我叫强盗进屋的那个人。他在这里当法官已经十八年了，我也死了十六年了。现在他终于死了，我以前说我会做你的妻子，你还记得吗？"

封云亭说，"我现在也希望这样。"

梅女说，"我其实已经在附近城市里一家姓展的人家里投胎了，你带上一个包，我就能

hé nǐ yīqǐ zǒu, nǐ qù Zhǎn jiā, yāoqiú hé tā jiā de nǚ'ér jiéhūn." Tā yòu gěi le tā yīgè bāo, shuō, "Zài lùshàng bùyào jiào wǒ, děngdào jiéhūn de shíhòu, nǐ bǎ zhège bāo guà zài nǐ qīzǐ de tóu shàng, shuō, 'Hái jìdé ma?'"

Fēng Yún Tíng jì zhù le, tā dǎkāi bāo, Méi Nǚ jiù bùjiàn le.

Fēng Yún Tíng lái dào fùjìn de chéngshì, zhǎodào le Zhǎn jiā, jiālǐ quèshí yǒu gè nǚ'ér, fēicháng měilì, dànshì bù cōngmíng, bù huì shuōhuà, méiyǒu rén xiǎng hé tā jiéhūn. Fēng Yún Tíng yāoqiú Zhǎn jiā, xiǎng yào hé tāmen de nǚ'ér jiéhūn, Zhǎn jiā hěn gāoxìng de tóngyì le.

Jiéhūn de nà yītiān, Zhǎn jiā de nǚ'ér zhǐshì bù shuōhuà, duìzhe Fēng Yún Tíng xiào. Fēng Yún Tíng bǎ Méi Nǚ gěi de bāo fàng zài Zhǎn jiā nǚ'ér tóu shàng, shuō, "Hái jìdé ma?" Zhǎn jiā de nǚ'ér kànzhe Fēng Yún Tíng, hǎoxiàng xiǎngqǐ le shénme. Fēng Yún Tíng xiàozhe shuō, "Nǐ bù rènshí wǒle ma?" Tā mǎshàng míngbái guòlái, yě kěyǐ zhèngcháng de shuōhuà le.

和你一起走，你去展家，要求和他家的女儿结婚。”她又给了他一个包，说，“在路上不要叫我，等到结婚的时候，你把这个包挂在你妻子的头上，说，‘还记得吗？’”

封云亭记住了，他打开包，梅女就不见了。

封云亭来到附近的城市，找到了展家，家里确实有个女儿，非常美丽，但是不聪明，不会说话，没有人想和她结婚。封云亭要求展家，想要和他们的女儿结婚，展家很高兴地同意了。

结婚的那一天，展家的女儿只是不说话，对着封云亭笑。封云亭把梅女给的包放在展家女儿头上，说，“还记得吗？”展家的女儿看着封云亭，好像想起了什么。封云亭笑着说，“你不认识我了吗？”她马上明白过来，也可以正常地说话了。

Dì èr tiān zǎoshang, Fēng Yún Tíng hé Zhǎn jiā de nǚ'ér qù jiàn Zhǎn jiā fùmǔ. Zhǎn jiā fùmǔ yī jiàn nǚ'ér huì zhèngcháng shuōhuà le, shífēn chījīng. Fēng Yún Tíng bǎ shìqíng gàosù le tāmen, Zhǎn jiā tīng le fēicháng gāoxìng, duì tāmen gèng hǎo le, cóngcǐ dàjiā kuàilè de shēnghuó zài yīqǐ.

第二天早上，<u>封云亭</u>和<u>展家</u>的女儿去见<u>展家</u>父母。<u>展家</u>父母一见女儿会正常说话了，十分吃惊。<u>封云亭</u>把事情告诉了他们，<u>展家</u>听了非常高兴，对他们更好了，从此大家快乐地生活在一起。

避邪

画皮 (The Painted Skin)

In Chinese ghost stories, many demons disguise themselves as beautiful women to deceive humans, particularly targeting men who lack moral integrity and are easily swayed by physical beauty. One of the most famous examples is the White Bone Spirit from *Journey to the West*. She transforms three times—into a young woman, an elderly mother, and an old man—to trick the Monkey King.

Another well-known tale in this genre is this story, featuring demons who cover themselves with human skin to disguise themselves as beautiful women, elderly ladies, or other seemingly harmless figures.

This tale serves as a cautionary lesson, urging readers to look beyond appearances. It suggests that those who appear virtuous, attractive, or respectable may be hiding a darker truth, even if they are not demons. This timeless message is one reason why "The Painted Skin" continues to captivate audiences and remains a powerful, enduring influence.

Yǒu yīgè nánrén, míngzì jiào Wáng Shēng. Yītiān zǎoshang, tā zài lùshàng kàn dào yīgè niánqīng piàoliang de nǚrén.

Wáng Shēng wèn, "Nǐ wèishénme yīgè rén?"

Nǚrén shuō, "Nín bùnéng bāngzhù wǒ, bùyào wèn wǒ."

Wáng Shēng shuō, "Gàosù wǒ nǐ de kùnnán, wǒ yěxǔ kěyǐ bāngzhù nǐ."

Nǚrén shāngxīn de shuō, "Wǒ de fùqīn hé mǔqīn bǎ wǒ mài gěi le yǒu qián rén. Yǒu qián rén de qīzǐ měitiān dǎ wǒ, wǒ zhǐhǎo líkāi, bù zhīdào yào qù nǎlǐ."

Wáng Shēng shuō, "Nǐ kěyǐ qù wǒjiā."

Nǚrén gāoxìng de tóngyì le. Wáng Shēng dài nǚrén huí dào zìjǐ jiā, zhù zài tā dúshū de fángjiān.

Nǚrén shuō, "Zhèlǐ hěn hǎo, nín tóngqíng wǒ, xīwàng nín bù

画皮

有一个男人，名字叫<u>王生</u>。一天早上，他在路上看到一个年轻漂亮的女人。

<u>王生</u>问，"你为什么一个人？"

女人说，"您不能帮助我，不要问我。"

<u>王生</u>说，"告诉我你的困难，我也许可以帮助你。"

女人伤心地说，"我的父亲和母亲把我卖给了有钱人。有钱人的妻子每天打我，我只好离开，不知道要去哪里。"

<u>王生</u>说，"你可以去我家。"

女人高兴地同意了。<u>王生</u>带女人回到自己家，住在他读书的房间。

女人说，"这里很好，您同情我，希望您不

yào gàosù biérén wǒ zài zhèlǐ."

Wáng Shēng hé nǚrén de guānxì fēicháng hǎo.Guòle jǐ tiān, Wáng Shēng bǎ nǚrén de shìqíng gàosù le zìjǐ de qīzǐ. Qīzǐ hàipà yǒu qián rén, ràng Wáng Shēng bǎ nǚrén sòng zǒu, Wáng Shēng bù tóngyì.

Jǐ tiān hòu, yīgè Dàoshi kàn dào Wáng Shēng, hěn chījīng, wèn, "Nǐ jiā zuìjìn yǒu qíguài de shìqíng ma?"

Wáng Shēng shuō, "Méiyǒu."

Dàoshi shuō, "Nǐ shēnshang quán shì è guǐ de wèidào, zěnme kěnéng méiyǒu qíguài de shìqíng?"

Wáng Shēng réngrán shuō, "Méiyǒu."

Dàoshi zǒu le, shuō, "Tài qíguàile, shìjiè shàng zhēnyǒu zhèyàng de rén a, dōu kuàiyào sǐ le, rán'ér zìjǐ què bù zhīdào!"

Wáng Shēng huáiyí shì nàgè nǚrén de wèntí, dàn rènwéi nǚrén hěn

要告诉别人我在这里。"

王生和女人的关系非常好。过了几天，王生把女人的事情告诉了自己的妻子。妻子害怕有钱人，让王生把女人送走，王生不同意。

几天后，一个道士看到王生，很吃惊，问，"你家最近有奇怪的事情吗？"

王生说，"没有。"

道士说，"你身上全是恶鬼的味道，怎么可能没有奇怪的事情？"

王生仍然说，"没有。"

道士走了，说，"太奇怪了，世界上真有这样的人啊，都快要死了，然而自己却不知道！"

王生怀疑是那个女人的问题，但认为女人很

piàoliang, bù huì shì è guǐ, Dàoshi zhǐshì zài jiǎng gùshì, ràng zìjǐ hàipà, yúshì gěi tā qián.

Wáng Shēng zhōngwǔ huí dàojiā, fāxiàn yuànzǐ de mén dǎ bù kāi, fān qiáng jìn le yuànzǐ.

Dúshū fángjiān de mén yě guānzhe.

Wáng Shēng qiāoqiāo zǒu guòqù, cóng chuānghù kàn fángjiān lǐmiàn.

Fángjiān li yǒu gè è guǐ, lǜsè de liǎn, yáchǐ yòu jiān yòu dà, zhuōzi shàng pù le yī zhāng rén de pífū, tā zhèngzài yòng cǎisè bǐ gěi pífū huà yánsè.

Huà wán hòu, è guǐ rēng diào bǐ, ná qǐ pífū, xiàng chuān yīfú yīyàng chuān zài shēnshang, è guǐ yòu biàn chéng le nǚrén de yàngzǐ.

Wáng Shēng kàn le shífēn hàipà, qiāoqiāo líkāi jiā qù zhǎo Dàoshi, zhōngyú zài jiāoqū zhǎodào le, tā guì xià qiú Dàoshi bāngzhù tā.

Dàoshi shuō, "Hǎo, wǒ bāngzhù nǐ gǎn tā zǒu. Zhǐyào tā yuàn

漂亮，不会是恶鬼，道士只是在讲故事，让自己害怕，于是给他钱。

王生中午回到家，发现院子的门打不开，翻墙进了院子。

读书房间的门也关着。

王生悄悄走过去，从窗户看房间里面。

房间里有个恶鬼，绿色的脸，牙齿又尖又大，桌子上铺了一张人的皮肤，它正在用彩色笔给皮肤画颜色。

画完后，恶鬼扔掉笔，拿起皮肤，像穿衣服一样穿在身上，恶鬼又变成了女人的样子。

王生看了十分害怕，悄悄离开家去找道士，终于在郊区找到了，他跪下求道士帮助他。

道士说，"好，我帮助你赶它走。只要它愿

yì zìjǐ zǒu, wǒ jiù bù ràng tā sǐ."

Dàoshi gěi le Wáng Shēng yī bǎ sàozhou, ràng Wáng Shēng guà zài shuìjiào fángjiān de ménkǒu.

Wáng Shēng huí dàojiā, guà shàng le sàozhou, wǎnshàng tīng dào mén wài yǒu shēngyīn, qīzǐ qù kàn, kànjiàn nǚzǐ lái le. Nǚzǐ kàn dào sàozhou, bùnéng jìnmén, tā zhuàn lái zhuàn qù, fēicháng shēngqì, hěnjiǔ cái líkāi.

Yīhuǐ'er, nǚzǐ yòu huílái le, shēngqì de shuō, "Lǎo Dàoshi bùguò shì xiǎng ràng wǒ hàipà, nándào chī dào zuǐ lǐ de dōngxī hái néng tùchū qù ma!"

Nǚzǐ nòng huài le sàozhou, dǎpò fáng mén, tiào dào chuángshàng, zhuā pò Wáng Shēng de dùzǐ, ná chū xīnzàng jiù pǎo le.

Qīzǐ dà jiào bāngmáng, qīnqī názhe dēng jìn fángjiān yī kàn, Wáng Shēng yǐjīng sǐ le, dàochù dōu shì xiě.

意自己走，我就不让它死。"

道士给了王生一把扫帚，让王生挂在睡觉房间的门口。

王生回到家，挂上了扫帚，晚上听到门外有声音，妻子去看，看见女子来了。女子看到扫帚，不能进门，她转来转去，非常生气，很久才离开。

一会儿，女子又回来了，生气地说，"老道士不过是想让我害怕，难道吃到嘴里的东西还能吐出去吗！"

女子弄坏了扫帚，打破房门，跳到床上，抓破王生的肚子，拿出心脏就跑了。

妻子大叫帮忙，亲戚拿着灯进房间一看，王生已经死了，到处都是血。

Dì èr tiān, Wáng Shēng de èr dì qù zhǎo Dàoshi, Dàoshi shēngqì de shuō, "Wǒ běnlái xiǎng duì tā kèqì yīdiǎn'er, zhège è guǐ jìngrán zhème máfan!"

Dàoshi dào le Wáng Shēng jiā, nǚrén bùjiàn le.

Dàoshi dàochù kàn le kàn, shuō, "Hái méiyǒu zǒu yuǎn, nánbian nà yījiā shì shuí de jiā?"

Èr dì shuō, "Shì wǒjiā."

Dàoshi shuō, "Tā xiànzài jiù zài nǐ jiā."

Èr dì hěn jǐnzhāng, Dàoshi wèn, "Nǐ jiā yǒu bù rènshí de rén láiguò ma?"

Èr dì zhāojí de huí jiā qù kàn, méi duōjiǔ huílái shuō, "Zǎoshang yǒu gè lǎonǎinai, lái wèn wǒjiā shìfǒu xūyào dǎsǎo, xiànzài hái zài wǒjiā."

第二天，<u>王生</u>的二弟[2]去找<u>道士</u>，<u>道士</u>生气地说，"我本来想对它客气一点儿，这个恶鬼竟然这么麻烦！"

<u>道士</u>到了<u>王生家</u>，女人不见了。

<u>道士</u>到处看了看，说，"还没有走远，南边那一家是谁的家？"

二弟说，"是我家。"

<u>道士</u>说，"她现在就在你家。"

二弟很紧张，<u>道士</u>问，"你家有不认识的人来过吗？"

二弟着急地回家去看，没多久回来说，"早上有个老奶奶，来问我家是否需要打扫，现在还在我家。"

---

[2]二弟　　 èr dì – second younger brother

Dàoshi shuō, "Xiǎoxīn, jiùshì tā."

Dàjiā qù le èr dì de jiā, Dàoshi zhàn zài yuànzǐ lǐ jiào dào, "È guǐ, huán wǒ de sàozhou!"

Lǎonǎinai shífēn hàipà, chūmén xiǎng pǎo. Dàoshi huī jiàn dǎ tā, tā dào xià, rén pí diàole, dìshàng zhǐyǒuyī zhī è guǐ, gǔn lái gǔn qù, fāchū dòngwù yīyàng de jiào shēng. Dàoshi kǎn xià le è guǐ de tóu, tā de shēntǐ biàn chéng le yān.

Dàoshi qǔchū yī zhī píngzǐ, fàng zài yān zhòng, bù dào yī fēnzhōng, yān quánbù jìnrù le píngzǐ. Dàjiā kàn dào dìshàng de nà zhāng rén pí, méimáo, yǎnjīng, shǒu hé jiǎo, dōu xiàng zhēn de rén yīyàng. Dàoshi bǎ rén pí hé píngzǐ fàng jìn bāo lǐ, dǎsuàn líkāi.

Wáng Shēng de qīzǐ zhāojí de pǎo guòlái guì xià, kūzhe qǐng Dàoshi jiù tā de zhàngfū.

Dàoshi shuō, "Wǒ bùnéng jiù tā, dàn wǒ zhīdào yǒu yī gèrén

道士说，"小心，就是她。"

大家去了二弟的家，道士站在院子里叫道，"恶鬼，还我的扫帚！"

老奶奶十分害怕，出门想跑。道士挥剑打她，她倒下，人皮掉了，地上只有一只恶鬼，滚来滚去，发出动物一样的叫声。道士砍下了恶鬼的头，它的身体变成了烟。

道士取出一只瓶子，放在烟中，不到一分钟，烟全部进入了瓶子。大家看到地上的那张人皮，眉毛，眼睛，手和脚，都像真的人一样。道士把人皮和瓶子放进包里，打算离开。

王生的妻子着急地跑过来跪下，哭着请道士救她的丈夫。

道士说，"我不能救他，但我知道有一个人

kěyǐ jiù tā. Chéngshì li yǒu gè hěn zāng de qǐgài, jīngcháng tǎng zài dìshàng. Nǐ ràng tā bāngmáng, rúguǒ tā méiyǒu lǐmào, nǐ yě bùyào shēngqì, jiānchí yāoqiú tā bāngmáng."

Wáng Shēng de qīzǐ qù le chéngshì lǐ, kàn dào yīgè hěn zāng de qióng qǐgài tǎng zài jiēdào shàng chànggē, zāng de qítā rén dōu bùnéng kàojìn. Tā xiàng qǐgài guì xià, yāoqiú tā jiù zìjǐ de zhàngfū.

Qǐgài xiàozhe shuō, "Tā shì nǐ de zhàngfū, wǒ wèishénme yào jiù tā?"

Wáng Shēng de qīzǐ réngrán jiānchí yāoqiú.

Qǐgài ná dōngxī dǎ tā, shuō, "Zhēn qíguài, rén yǐjīng sǐ le hái ràng wǒ jiù huó, wǒ yòu bùshì Yán Luó Wáng."

Zhōuwéi kàn rènào de rén yuè lái yuè duō, Wáng Shēng de qīzǐ jiānchí bù líkāi.

Qǐgài wǎng shǒu lǐ tǔchū yīkǒu tán, duì Wáng Shēng de qīzǐ shuō, "Chī le tā!"

ā

可以救他。城市里有个很脏的乞丐，经常躺在地上。你让他帮忙，如果他没有礼貌，你也不要生气，坚持要求他帮忙。"

王生的妻子去了城市里，看到一个很脏的穷乞丐躺在街道上唱歌，脏得其他人都不能靠近。她向乞丐跪下，要求他救自己的丈夫。

乞丐笑着说，"他是你的丈夫，我为什么要救他？"

王生的妻子仍然坚持要求。

乞丐拿东西打她，说，"真奇怪，人已经死了还让我救活，我又不是阎罗王。"

周围看热闹的人越来越多，王生的妻子坚持不离开。

乞丐往手里吐出一口痰，对王生的妻子说，"吃了它！"

Wáng Shēng de qīzǐ hěn shēngqì, dànshì xiǎngdào le Dàoshi shuō dehuà, háishì bǎ tán chī le xiàqù, gǎnjué yǒu yīgè dōngxī xiàng xià gǔn, tíng zài le zìjǐ de dùzǐ lǐ.

Qǐgài gāoxìng de xiàozhe zǒu le, tā gēn zài hòumiàn, zhuī le hěn yuǎn, zài yě zhǎo bù dào qǐgài. Tā yòu shēngqì, yòu shāngxīn, zhǐhǎo shīwàng de huí jiā le.

Huí dào jiālǐ, tā kūzhe shōushi Wáng Shēng de shītǐ, bǎ chángzǐ fàng huí shītǐ de dùzǐ lǐ, kū dé hěn shāngxīn. Túrán, tā gǎnjué zìjǐ dùzǐ lǐ de dōngxī zài xiàngshàng gǔn, tǔ chūlái yī kàn, jìngrán shì yī ge xīnzàng.

Fārè de xīnzàng diào zài shītǐ de dùzǐ lǐ, hái zài tiàodòng. Qīzǐ hěn chījīng, gǎnkuài bǎ Wáng Shēng de dùzǐ hé shàng, mō mō tā de shēntǐ, gǎnjué kāishǐ nuǎnhuo le, jiù gěi tā chuān shàng yīfú.

Wǎnshàng zài qù kàn, Wáng Shēng yǐjīng kāishǐ hūxī le.

王生的妻子很生气，但是想到了道士说的话，还是把痰吃了下去，感觉有一个东西向下滚，停在了自己的肚子里。

乞丐高兴地笑着走了，她跟在后面，追了很远，再也找不到乞丐。她又生气，又伤心，只好失望地回家了。

回到家里，她哭着收拾王生的尸体，把肠子放回尸体的肚子里，哭得很伤心。突然，她感觉自己肚子里的东西在向上滚，吐出来一看，竟然是一个心脏。

发热的心脏掉在尸体的肚子里，还在跳动。妻子很吃惊，赶快把王生的肚子合上，摸摸他的身体，感觉开始暖和了，就给他穿上衣服。

晚上再去看，王生已经开始呼吸了。

Dì èr tiān zǎoshang zài qù kàn, Wáng Shēng yǐjīng xǐng le, shuō, "Yīqiè dōu hǎoxiàng zuòmèng yīyàng, zhǐshì dùzǐ yǒudiǎn tòng."

Dàjiā kàn tā dùzǐ bèi zhuā pò dì dìfāng, zhǐyǒu yīgè shāngkǒu. Bùjiǔ shāngkǒu yě hǎo le.

第二天早上再去看，<u>王生</u>已经醒了，说，"一切都好像做梦一样，只是肚子有点痛。"

大家看他肚子被抓破的地方，只有一个伤口。不久伤口也好了。

书生与女鬼 (The Scholar and the Ghost)

For scholars who were still studying and lacked wealth, finding a wife was especially difficult. As a result, many of them sought refuge in imagining romantic relationships with beautiful female ghosts. However, these love stories often ended tragically. Ghost girlfriends were frequently seen as bringing bad luck for a man's family.

One of the most popular stories in this genre is "The Scholar and the Ghost." Unlike most ghost tales, this one has a happy ending. The scholar is portrayed as virtuous and steadfast, keeping his promises, while the ghost girl is honest, hardworking, and determined to earn his family's acceptance. In addition, the couple receives strong support from a sword immortal (剑仙, jiànxiān), a legendary figure in Chinese folklore who possesses supernatural sword-fighting abilities, immortality and cultivation-based powers, and who can control a sword and make it fly through air to slay demons.

This story not only captivates readers with its romantic and supernatural elements, but also offers deeper lessons about the qualities essential for a successful marriage and family harmony, such as integrity, mutual respect, and perseverance.

Shūshēng Yǔ Nǚ Guǐ

Yǒu gè dúshūrén, jiào Nìng Cǎi Chén. Tā chūmén
lǚxíng, zhù zài yīzuò Sìmiào de dōngbian fángjiān lǐ,
rènshí le nánbian fángjiān de kèrén Yān Chì Xiá, chéng
le hǎo péngyǒu. Liǎng gèrén liáo dé hěn kāixīn.

Wǎnshàng, Nìng Cǎi Chén zài shuìjiào, yǒurén zǒu
jìnlái, shì yīgè fēicháng měilì de nǚrén. Nǚrén xiàozhe
shuō, "Wǒ bùxiǎng shuìjiào, kěyǐ hé nǐ qīnjìn yīxià."

Nìng Cǎi Chén shuō, "Wǒ bù rènshí nǐ, nǐ bù yìng gāi
zhèyàng. "

Nǚrén xiàozhe shuō, "Wǎnshàng méiyǒu rén zhīdào."

Nìng Cǎi Chén ràng tā zǒu, nǚrén bù yuànyì líkāi. Nìng
Cǎi Chén hǎn dào, "Kuàizǒu, bùrán wǒ jiào Yān Chì Xiá
lái le!"

Nǚrén hàipà le. Dàn tā chūmén hòu yòu huílái, fàngxià
yīkuài huángjīn. Nìng Cǎi Chén rēng gěi tā, shuō, "Zhè
bùshì wǒ de,

书生与女鬼

有个读书人，叫<u>宁采臣</u>。他出门旅行，住在一座寺庙的东边房间里，认识了南边房间的客人<u>燕赤霞</u>，成了好朋友。两个人聊得很开心。

晚上，<u>宁采臣</u>在睡觉，有人走进来，是一个非常美丽的女人。女人笑着说，"我不想睡觉，可以和你亲近一下"。

<u>宁采臣</u>说，"我不认识你，你不应该这样"。

女人笑着说，"晚上没有人知道。"

<u>宁采臣</u>让她走，女人不愿意离开。<u>宁采臣</u>喊道，"快走，不然我叫<u>燕赤霞</u>来了！"

女人害怕了。但她出门后又回来，放下一块黄金。<u>宁采臣</u>扔给她，说，"这不是我的，

wǒ bùyào."

Nǚrén shífēn chījīng, ná zǒu le huángjīn.

Bùjiǔ, zhù zài běibian fángjiān de kèrén túrán sǐ le, jiǎo shàng yǒu yīgè xiǎo shāngkǒu. Qítā rén dōu bù zhīdào shì zěnme huí shì.

Yītiān wǎnshàng, nǚrén yòu lái le, duì Nìng Cǎi Chén shuō, "Wǒ jiànguò hěnduō rén, méiyǒu rénxiàng nǐ zhèyàng, wǒ bù yuànyì piàn nǐ, wǒ jiào Xiǎo Qiàn, shíbā suì jiù sǐ le, gǔtou mái zài fùjìn. Yāoguài ràng wǒ gěi tā zuòshì, wǒ bù yuànyì. Xiànzài zhèlǐ méiyǒu kèrén le, yāoguài huì lái hài nǐ."

Nìng Cǎi Chén hěn hàipà, wèn tā, "Zěnme bàn?"

Xiǎo Qiàn shuō, "Hé Yān Chì Xiá zhù zài yīqǐ, kěyǐ bǎohù nǐ."

Nìng Cǎi Chén wèn, "Nǐ wèishénme bù qù zhǎo Yān Chì Xiá?"

我不要。”

女人十分吃惊，拿走了黄金。

不久，住在北边房间的客人突然死了，脚上有一个小伤口。其他人都不知道是怎么回事。

一天晚上，女人又来了，对宁采臣说，“我见过很多人，没有人像你这样，我不愿意骗你，我叫小倩，十八岁就死了，骨头埋在附近。妖怪让我给他做事，我不愿意。现在这里没有客人了，妖怪会来害你。”

宁采臣很害怕，问她，“怎么办？”

小倩说，“和燕赤霞住在一起，可以保护你。”

宁采臣问，“你为什么不去找燕赤霞？”

Xiǎo Qiàn shuō, "Tā shì Jiàn Xiān, wǒ bù gǎn jiàn tā."

Nìng Cǎi Chén yòu wèn, "Yāoguài ràng nǐ zuò shénme shì?"

Xiǎo Qiàn shuō, "Biérén rúguǒ gēn wǒ qīnjìn, wǒ jiù qǔ tāmen de xiě gěi yāoguài hē. Biérén rúguǒ xǐhuān qián, wǒ jiù gěi tāmen xiàng huángjīn yīyàng de gǔtou, tā huì chī diào tāmen de xīn."

Nìng Cǎi Chén gǎnxiè le tā.

Xiǎo Qiàn líkāi de shíhòu kūzhe shuō, "Yāoguài ràng wǒ zuòshì, wǒ bùnéng fǎnduì. Wǒ de gǔtou zài mén wài de shù xià, nǐ shì chéngshí de rén, rúguǒ nǐ néng bǎ wǒ de gǔtou dài zǒu, mái zài qítā de dìfāng, nǐ jiù bāngzhù le wǒ."

Nìng Cǎi Chén tóngyì le.

Dì èr tiān, Nìng Cǎi Chén yīzhí hé Yān Chì Xiá liáotiān, hái yào shuì zài tā de fángjiān. Yān Chì Xiá zhǐhǎo shuō, "Wǒ zhīdào nǐ yào shuì zài zhèlǐ shì yǒu yuányīn de, dàn nǐ bùyào dòng wǒ de dōng

小倩说，"他是剑仙，我不敢见他。"

宁采臣又问，"妖怪让你做什么事？"

小倩说，"别人如果跟我亲近，我就取他们的血给妖怪喝。别人如果喜欢钱，我就给他们像黄金一样的骨头，它会吃掉他们的心。"

宁采臣感谢了她。

小倩离开的时候哭着说，"妖怪让我做事，我不能反对。我的骨头在门外的树下，你是诚实的人，如果你能把我的骨头带走，埋在其他的地方，你就帮助了我。"

宁采臣同意了。

第二天，宁采臣一直和燕赤霞聊天，还要睡在他的房间。燕赤霞只好说，"我知道你要睡在这里是有原因的，但你不要动我的东

xī. Bùrán duì nǐ hé wǒ dōu bù hǎo.”

Nìng Cǎi Chén tóngyì le.

Dào le wǎnshàng, wàimiàn yǒurén zài zǒudòng, hěn
kuài jiù zǒu jìn le chuānghù. Nìng Cǎi Chén gāng yào
jiào rén, hūrán yǒu dōngxī cóng Yān Chì Xiá de xínglǐ
xiāng lǐmiàn chūlái, xiàng shǎndiàn yì yàng shè dào
chuānghù shàng, ránhòu jiù bùjiàn le.

 Yān Chì Xiá qǐchuáng, cóng xínglǐ xiāng lǐ ná chū yīgè
fā báiguāng de dōngxī, kàn le yīxià, réngrán bǎ tā
fàng le huíqù, shuō, “Zhè shì shénme yāoguài, bǎ wǒ
de xínglǐ xiāng dōu nòng huài le.”

Nìng Cǎi Chén shífēn qíguài, qǐchuáng wèn tā.

 Yān Chì Xiá shuō, “Jìrán wǒmen shì hǎo péngyǒu,
wǒ jiù shuō zhēn huà, wǒ shì Jiàn Xiān, gāngcái
rúguǒ bùshì yǒu chuānghù, nàgè yāoguài yǐjīng sǐ le,
xiànzài tā yě fēicháng nánshòu.”

Nìng Cǎi Chén zǒu dào sìmiào mén wài, quèshí yǒuyī
kē shù. Tā zhǎo

西。不然对你和我都不好。"

宁采臣同意了。

到了晚上，外面有人在走动，很快就走近了窗户。宁采臣刚要叫人，忽然有东西从燕赤霞的行李箱里面出来，像闪电一样射到窗户上，然后就不见了。

燕赤霞起床，从行李箱里拿出一个发白光的东西，看了一下，仍然把它放了回去，说，"这是什么妖怪，把我的行李箱都弄坏了。"

宁采臣十分奇怪，起床问他。

燕赤霞说，"既然我们是好朋友，我就说真话，我是剑仙，刚才如果不是有窗户，那个妖怪已经死了，现在它也非常难受。"

宁采臣走到寺庙门外，确实有一棵树。他找

dào le Xiǎo Qiàn de gǔtou, zhǔnbèi dài huí jiā. Líkāi shí, Yān Chì Xiá sòng gěi Nìng Cǎi Chén yīgè Jiàn Dài, shuō, "Zhège Jiàn Dài kěyǐ ràng yāoguài hàipà."

Nìng Cǎi Chén jiāng Xiǎo Qiàn de gǔtou mái zài zìjǐ jiā fùjìn, ránhòu jiù huí jiā le.

Lùshàng Xiǎo Qiàn yòu chūxiàn le, fēicháng gāoxìng de shuō, "Nǐ shì chéngshí de rén, wǒ bù zhīdào zěnme gǎnxiè nǐ, qǐng nǐ dài wǒ huí jiā, wǒ yuànyì zuò nǐ de qīzǐ."

Nìng Cǎi Chén dài tā huí jiā jiàn zìjǐ de mǔqīn, mǔqīn fēicháng chījīng.

Xiǎo Qiàn shuō, "Wǒ zài zhèlǐ bù rèn shì biérén, nín de érzi bāngzhù le wǒ, wǒ yuànyì zuò tā de qīzǐ."

Mǔqīn shuō, "Nǐ xǐhuān wǒ érzi, wǒ hěn gǎnxiè, dànshì wǒ zhǐyǒu zhè yīgè érzi, bùnéng ràng nǚ guǐ zuò tā de qīzǐ."

到了小倩的骨头，准备带回家。离开时，燕赤霞送给宁采臣一个剑袋，说，"这个剑袋可以让妖怪害怕。"

宁采臣将小倩的骨头埋在自己家附近，然后就回家了。

路上小倩又出现了，非常高兴地说，"你是诚实的人，我不知道怎么感谢你，请你带我回家，我愿意做你的妻子。"

宁采臣带她回家见自己的母亲，母亲非常吃惊。

小倩说，"我在这里不认识别人，您的儿子帮助了我，我愿意做他的妻子。"

母亲说，"你喜欢我儿子，我很感谢，但是我只有这一个儿子，不能让女鬼做他的妻子。"

Xiǎo Qiàn shuō, "Nín jìrán bù yuànyì, wǒ yě kěyǐ zuò nín de nǚ'ér, zhàogù nín."

Mǔqīn tóngyì le, suīrán kāishǐ hěn hàipà Xiǎo Qiàn, dànshì shíjiān jiǔ le, xiǎo qiàn yòu fēicháng kě'ài chéngshí, mǔqīn wánquán wàngjì le tā bùshì rén, shènzhì wǎnshàng hé tā yīqǐ shuìjiào.

Xiǎo Qiàn gāng lái de shíhòu shénme dōu bù chī, hòulái kāishǐ chī mǐfàn. Mǔqīn hé Nìng Cǎi Chén dōu hěn xǐhuān tā. Mǔqīn xiǎng ràng tā zuò Nìng Cǎi Chén de qīzǐ, yòu dānxīn tā bùshì rén.

Xiǎo Qiàn zhīdào mǔqīn de dānxīn hòu, duì tā shuō, "Wǒ yǐjīng zài nín jiālǐ zhù le hěnjiǔ, nín zhīdào wǒ bùshì huàirén, wǒ gēn Nìng Cǎi Chén jiéhūn, tā huì zuò guān, wǒ yě huì hěn jiāo'ào."

Mǔqīn dānxīn tā bùnéng shēng háizi. Xiǎo Qiàn shuō, "Yǒu méiyǒu háizi, shì shàngtiān de juédìng, bù huì yīnwèi qīzǐ bùshì rén, ér méiyǒu háizi."

小倩说，"您既然不愿意，我也可以做您的女儿，照顾您。"

母亲同意了，虽然开始很害怕小倩，但是时间久了，小倩又非常可爱诚实，母亲完全忘记了她不是人，甚至晚上和她一起睡觉。

小倩刚来的时候什么都不吃，后来开始吃米饭。母亲和宁采臣都很喜欢她。母亲想让她做宁采臣的妻子，又担心她不是人。

小倩知道母亲的担心后，对她说，"我已经在您家里住了很久，您知道我不是坏人，我跟宁采臣结婚，他会做官，我也会很骄傲。"

母亲担心她不能生孩子。小倩说，"有没有孩子，是上天的决定，不会因为妻子不是人，而没有孩子。"

Mǔqīn xiāngxìn le tā, Xiǎo Qiàn jiù hé Nìng Cǎi Chén jiéhūn le.

Yǒu yītiān, Xiǎo Qiàn hūrán wèn, "Jiàn Dài zài nǎlǐ?"

Nìng Cǎi Chén shuō, "Yīn wéi bù xīwàng nǐ hàipà, suǒyǐ wǒ shōu qǐlái le."

Xiǎo Qiàn shuō, "Wǒ zài zhèlǐ yǐjīng hěnjiǔ le, yīnggāi bù huì hàipà, ná chūlái ba."

Nìng Cǎi Chén wèn, "Wèishénme?"

Xiǎo Qiàn shuō, "Zhè jǐ tiān wǒ hěn dānxīn, yěxǔ yǐqián de nàgè yāoguài yào huílái zhǎo wǒ le."

Nìng Cǎi Chén qǔchū le Jiàn Dài, Xiǎo Qiàn kàn le yīhuǐ'er, shuō, "Zhè Jiàn Dài shì yòng lái fàng réntóu de, zhème pòjiù, bù zhīdào shā le duōshǎo rén! Wǒ xiànzài kànzhe háishì hàipà."

Xiǎo Qiàn bǎ Jiàn Dài guà zài mén shàng, zìjǐ zuòzhe, ràng Nìng Cǎi Chén yě bùyào shuìjiào.

母亲相信了她，小倩就和宁采臣结婚了。

有一天，小倩忽然问，"剑袋在哪里？"

宁采臣说，"因为不希望你害怕，所以我收起来了。"

小倩说，"我在这里已经很久了，应该不会害怕，拿出来吧。"

宁采臣问，"为什么？"

小倩说，"这几天我很担心，也许以前的那个妖怪要回来找我了。"

宁采臣取出了剑袋，小倩看了一会儿，说，"这剑袋是用来放人头的，这么破旧，不知道杀了多少人！我现在看着还是害怕。"

小倩把剑袋挂在门上，自己坐着，让宁采臣也不要睡觉。

Bùjiǔ yǒu gè xiàng niǎo yīyàng de dōngxī jiàngluò zài dìshàng, Xiǎo Qiàn hàipà, jìn le fángjiān, Nìng Cǎi Chén qù kàn, shì yīgè yǎnjīng fāguāng, zuǐ xiàng xiě yīyàng hóng de yāoguài. Yāoguài xiǎng jìnmén, dànshì hàipà Jiàn Dài, tā xiǎoxīn dì zǒu jìn Jiàn Dài, yòng zhuǎzǐ qù zhuā.

Jiàn Dài túrán biàn dà, fāchū shēngyīn, lǐmiàn chūlái le lìng yīgè dà yāoguài, zhuā zhù le tā, bǎ tā lā le jìnqù. Suǒyǒu shēngyīn dōu méi le, Jiàn Dài réngrán shì běnlái de dàxiǎo.

Nìng Cǎi Chén hěn chījīng, Xiǎo Qiàn chūlái gāoxìng de shuō, "Méiguānxì le!"

Liǎng gèrén yīqǐ qù kàn Jiàn Dài lǐmiàn, zhǐyǒu yīdiǎn'er shuǐ.

Guò le jǐ nián, Nìng Cǎi Chén zuò le dìfāng de guān, Xiǎo Qiàn yě shēng le háizi, dàjiāguò dé hěn kuàilè.

不久有个像鸟一样的东西降落在地上，小倩害怕，进了房间，宁采臣去看，是一个眼睛发光，嘴像血一样红的妖怪。妖怪想进门，但是害怕剑袋，它小心地走近剑袋，用爪子去抓。

剑袋突然变大，发出声音，里面出来了另一个大妖怪，抓住了它，把它拉了进去。所有声音都没了，剑袋仍然是本来的大小。

宁采臣很吃惊，小倩出来高兴地说，"没关系了！"

两个人一起去看剑袋里面，只有一点儿水。

过了几年，宁采臣做了地方的官，小倩也生了孩子，大家过得很快乐。

水鬼救母亲 (A Water Ghost Saves a Mother)

Stories about water ghosts are popular in waterfront areas. People believe that when someone drowns, their spirit becomes attached to the water where they perished, unable to leave and be reincarnated unless another person dies in the same area. In some versions of this tale, the water ghost drags passing travelers or swimmers into the water, replacing them as the next victim. These stories may have been told to children to frighten them into avoiding playing near dangerous waters.

"A Water Ghost Saves a Mother" tells the tale of a water ghost who refuses to drown others. He demonstrates selfless behavior, and as a reward, Heaven elevates him to become the Land God of a city.

A Land God is responsible for protecting a specific area of land, such as a village, field, or household. He is often depicted as an elderly man with a kind appearance, and he is frequently accompanied by his wife, the Land Goddess. Together, they oversee local agriculture, land fertility, and the well-being of the people. Local residents visit the Land God's temple to pray when facing troubles in their families.

Shuǐ Guǐ Jiù Mǔqīn

Yǒu gè xìng Xǔ de rén, zhù zài hé biān, yǐ zhuā yú zuòwéi gōngzuò. Měi dào wǎnshàng, tā jiù kāizhe chuán dào héshàng hējiǔ, yībiān hè yībiān zhuā yú. Tā hējiǔ de shíhòu xǐhuān bǎjiǔ wǎng shuǐ lǐ dào, shuō, "Shuǐ lǐ de guǐ a, yīqǐ hējiǔ bā."

Zhèyàng hējiǔ shì tā de xíguàn. Qíguài de shì, biérén zhuā yú, jīngcháng zhuā bù dào yú, dàn Xǔ què jīngcháng zhuā dào hěnduō yú.

Yītiān wǎnshàng, Xǔ zìjǐ zài hējiǔ, yǒu gè niánqīng rén zài tā pángbiān zǒu lái zǒu qù.

Xǔ yāoqǐng tā yīqǐ hējiǔ, niánqīng rén tóngyì le.

Zhè tiān yītiáo yú yě méiyǒu, Xǔ hěn shīwàng.

Niánqīng rén zhàn qǐlái shuō, "Qǐng yǔnxǔ wǒ qù hé lǐ, bāng nǐ bǎ yú gǎn guòlái."

水鬼救母亲

有个姓<u>许</u>的人，住在河边，以抓鱼作为工作。每到晚上，他就开着船到河上喝酒，一边喝一边抓鱼。他喝酒的时候喜欢把酒往水里倒，说，"水里的鬼啊，一起喝酒吧。"

这样喝酒是他的习惯。奇怪的是，别人抓鱼，经常抓不到鱼，但<u>许</u>却经常抓到很多鱼。

一天晚上，<u>许</u>自己在喝酒，有个年轻人在他旁边走来走去。

<u>许</u>邀请他一起喝酒，年轻人同意了。

这天一条鱼也没有，<u>许</u>很失望。

年轻人站起来说，"请允许我去河里，帮你把鱼赶过来。"

Niánqīng rén líkāi le, yīhuǐ'er tā huílái le, shuō, "Yú hěn kuài jiù lái le."

Xǔ shōu qǐ yúwǎng, quèshí yǒu hǎojǐ tiáo dà yú. Xǔ fēicháng kāixīn, zhǔnbèi huí jiā, xiǎng sòng jǐ tiáo yú gěi niánqīng rén.

Niánqīng rén bùyào, shuō, "Nǐ jīngcháng qǐng wǒ hējiǔ, wǒ bù zhīdào zěnme gǎnxiè nǐ, rúguǒ nǐ xǐhuān, wǒ huì jīngcháng lái kàn nǐ."

Xǔ shuō, "Wǒmen gānggāng rènshí yīgè wǎnshàng, zěnme néng shuō wǒ jīngcháng qǐng nǐ hējiǔ ne? Nǐ rúguǒ yuànyì jīngcháng lái kàn wǒ, wǒ dāngrán hěn gāoxìng."

Xǔ wèn niánqīng rén jiào shénme míngzì. Niánqīng rén shuō, "Wǒ xìng Wáng, méiyǒu míngzì, kěyǐ jiào wǒ Wáng Liù Láng."

Liǎng rén jiù hùxiāng shuō zàijiàn le.

Dì èr tiān, Xǔ mài le yú, yòu mǎi le jiǔ. Wǎnshàng dào hé biān, niánqīng rén yǐjīng zài děng tā. Liǎng gèrén hējiǔ liáotiān,

年轻人离开了，一会儿他回来了，说，"鱼很快就来了。"

许收起鱼网，确实有好几条大鱼。许非常开心，准备回家，想送几条鱼给年轻人。

年轻人不要，说，"你经常请我喝酒，我不知道怎么感谢你，如果你喜欢，我会经常来看你。"

许说，"我们刚刚认识一个晚上，怎么能说我经常请你喝酒呢？你如果愿意经常来看我，我当然很高兴。"

许问年轻人叫什么名字。年轻人说，"我姓王，没有名字，可以叫我王六郎。"

两人就互相说再见了。

第二天，许卖了鱼，又买了酒。晚上到河边，年轻人已经在等他。两个人喝酒聊天，

Niánqīng rén réngrán bāngzhù Xǔ zhuā yú.

Zhèyàngguò le jǐ gè yuè, niánqīng rén duì Xǔ shuō, "Rènshí nǐ hěn gāoxìng, wǒmen jiù xiàng gēgē hé dìdì yīyàng, dànshì wǒ hěn kuài jiù yào zǒu le."

Xǔ wèn, "Wèishénme?"

Niánqīng rén xiǎng le hěnjiǔ, shuō, "Wǒmen shì hǎo péngyǒu, wǒ jiù chéngshí de gàosù nǐ. Wǒ shìgè guǐ, wǒ huózhe de shíhòu xǐhuān hējiǔ, hòulái bu xiǎoxīn yān sǐ zài hé lǐ. Yǐqián nǐ zhuā yú bǐ biérén duō, shì yīnwèi wǒ gǎnxiè nǐ qǐng wǒ hējiǔ, zài shuǐ lǐ bāng nǐ zhuā yú. Zàiguò jǐ tiān, zhèlǐ huì yǒu xīn de rén lái dàitì wǒ, wǒ jiù kěyǐ zhuǎnshì, chóngxīn zuòrén. Xiǎngdào yīqǐ hējiǔ de shíjiān bù duō le, hěn shāngxīn."

Xǔ hěn chījīng, dànshì rènshí niánqīng rén hěnjiǔ le, tā yě bù hàipà, shuō, "Wǒmen lái hējiǔ, suīrán zài yīqǐ de shíjiān bù duō, dànshì nǐ kěyǐ zhuǎnshì, chóngxīn zuòrén. Zhè shì hǎo shìqíng, bù yìng gāi shāngxīn."

年轻人仍然帮助许抓鱼。

这样过了几个月，年轻人对许说，"认识你很高兴，我们就像哥哥和弟弟一样，但是我很快就要走了。"

许问，"为什么？"

年轻人想了很久，说，"我们是好朋友，我就诚实地告诉你。我是个鬼，我活着的时候喜欢喝酒，后来不小心淹死在河里。以前你抓鱼比别人多，是因为我感谢你请我喝酒，在水里帮你抓鱼。再过几天，这里会有新的人来代替我，我就可以转世，重新做人。想到一起喝酒的时间不多了，很伤心。"

许很吃惊，但是认识年轻人很久了，他也不害怕，说，"我们来喝酒，虽然在一起的时间不多，但是你可以转世，重新做人。这是好事情，不应该伤心。"

Yúshì liǎng gèrén yīqǐ hējiǔ, Xǔ wèn, "Shuí lái dàitì nǐ?"

Niánqīng rén shuō, "Nǐ zài hé biān děngdào zhōngwǔ, yǒu gèguò hé de nǚrén huì yān sǐ, tā jiùshì lái dàitì wǒ de."

Dì èr tiān, Xǔ dào hé biān děngzhe, zhēn de yǒu gè nǚrén, bàozhe háizi, zǒu dào hé biān, bù xiǎoxīn diào jìn le shuǐ lǐ. Háizi zài dìshàng kū hǎn, shuǐ lǐ de nǚrén túrán cóng hé lǐ pá le shànglái, xiūxí le yīhuǐ'er, dàizhe háizi zǒu le.

Nǚrén diào jìn shuǐ lǐ de shíhòu, Xǔ hěn tóngqíng, xiǎng qù bāng tā pá shànglái, dànshì kǎolǜ dào tā shì lái dàitì niánqīng rén de, yòu bù yuànyì bāng tā. Děngdào nǚrén zìjǐ chūlái líkāi, Xǔ yòu rènwéi niánqīng rén shuō dehuà kěnéng bù wánquán shì zhēn de.

Dào le wǎnshàng, Xǔ yòu qù zhuā yú, niánqīng rén yòu lái le, shuō, "Wǒ huílái le, érqiě bù zǒu le."

Xǔ wèn, "Wèishénme?"

于是两个人一起喝酒，<u>许</u>问，"谁来代替你？"

年轻人说，"你在河边等到中午，有个过河的女人会淹死，她就是来代替我的。"

第二天，<u>许</u>到河边等着，真的有个女人，抱着孩子，走到河边，不小心掉进了水里。孩子在地上哭喊，水里的女人突然从河里爬了上来，休息了一会儿，带着孩子走了。

女人掉进水里的时候，<u>许</u>很同情，想去帮她爬上来，但是考虑到她是来代替年轻人的，又不愿意帮她。等到女人自己出来离开，<u>许</u>又认为年轻人说的话可能不完全是真的。

到了晚上，<u>许</u>又去抓鱼，年轻人又来了，说，"我回来了，而且不走了。"

<u>许</u>问，"为什么？"

Niánqīng rén shuō, "Nàgè nǚrén shì lái dàitì wǒ de, dànshì tā yǒu gè háizi, wǒ kělián tā de háizi méiyǒu māmā, suǒyǐ bāngzhù le tā. Děngdào xià yīgè rén lái dàitì wǒ, bùzhī hui shì shénme shíhòu."

Xǔ shuō, "Zhè shì nǐ de hǎoxīn, shàngtiān yě huì gǎndòng."

Liǎng rénxiàng cóngqián yīyàng hējiǔ liáotiān.

Guò le jǐ tiān, niánqīng rén yòu lái shuō zàijiàn. Xǔ yǐwéi yòu yǒurén lái dàitì tā.

Niánqīng rén shuō, "Bùshì de, wǒ bāngzhù le nàgè nǚrén, shàng tiānzhēn de zhīdào le, xiànzài ràng wǒ qù dàng Zhāo Yuǎn Chéng de Tǔdì Shén, hěn kuài jiù yào qù le. Nǐ yàoshi xiǎng wǒ, qǐng lái kàn wǒ, bùyào pà lù yuǎn."

Xǔ gāoxìng de shuō, "Nǐ yīnwèi hǎoxīn ér dāng shàng le Tǔdì Shén, zhēnshi tài hǎo le. Kěshì nǐ shì shén, wǒ shì rén, jíshǐ wǒ bùpà lù yuǎn, yòu néng zěnme yàng ne."

年轻人说，"那个女人是来代替我的，但是她有个孩子，我可怜她的孩子没有妈妈，所以帮助了她。等到下一个人来代替我，不知会是什么时候。"

许说，"这是你的好心，上天也会感动。"

两人像从前一样喝酒聊天。

过了几天，年轻人又来说再见。许以为又有人来代替他。

年轻人说，"不是的，我帮助了那个女人，上天真的知道了，现在让我去当招远城的土地神，很快就要去了。你要是想我，请来看我，不要怕路远。"

许高兴地说，"你因为好心而当上了土地神，真是太好了。可是你是神，我是人，即使我不怕路远，又能怎么样呢。"

Niánqīng rén shuō, "Nǐ lái jiù hǎo, bùyào dānxīn." Shuō le hǎojǐ cì cái líkāi.

Xǔ huí dàojiā, jiù yào shōushi dōngxī qù Zhāo Yuǎn Chéng.

Qīzǐ xiàozhe shuō, "Lù zài yuǎn, yě zhǐyǒu jǐ bǎi lǐ. Zhǐshì shén shì bù huì gēn nǐ shuōhuà de a."

Xǔ bù tīng, réngrán zǒu le.

Dàole Zhāo Yuǎn Chéng, Xǔ jìn le fàndiàn, wèn, "Tǔdì Shén de miào zài nǎlǐ?"

Fàndiàn de rén chījīng de shuō, "Nǐ xìng Xǔ ma?"

Xǔ shuō, "Shì de, nǐ zěnme zhīdào?"

Fàndiàn de rén yòu wèn, "Nǐ shì cóng hé biān lái de ma?"

Xǔ shuō, "Shì de, nǐ zěnme zhīdào?"

Fàndiàn de rén bù huídá, zhíjiē jiào chéng lǐ de rén dōu lái kàn tā, Xǔ fēicháng chījīng.

年轻人说，"你来就好，不要担心。"说了好几次才离开。

许回到家，就要收拾东西去招远城。

妻子笑着说，"路再远，也只有几百里。只是神是不会跟你说话的啊。"

许不听，仍然走了。

到了招远城，许进了饭店，问，"土地神的庙在哪里？"

饭店的人吃惊地说，"你姓许吗？"

许说，"是的，你怎么知道？"

饭店的人又问，"你是从河边来的吗？"

许说，"是的，你怎么知道？"

饭店的人不回答，直接叫城里的人都来看他，许非常吃惊。

Chéng lǐ de rén gàosù tā, jǐ tiān qián, tāmen mèng jiàn le Tǔdì Shén, Tǔdì Shén shuō, "Wǒ yǒu gè xìng Xǔ de péngyǒu, tā cóng hé biān lái, qǐng nǐmen zhàogù tā." Suǒyǐ tāmen yǐjīng děng tā hěnjiǔ le.

Xǔ fēicháng gǎndòng, jiù qù Tǔdì Shén de miào lǐ, ná le yībēi jiǔ, shuō, "Nǐ líkāi zhīhòu, wǒ fēicháng xiǎng nǐ, suǒyǐ lái kàn nǐ. Nǐ yòu ràng dàjiā zhàogù wǒ, shífēn gǎnxiè. Kěxí wǒ méiyǒu shé me kěyǐ dài gěi nǐ, zhǐ néng gěi nǐ yībēi jiǔ, rúguǒ nǐ kàn dé jiàn, wǒmen hái xiàng zài hé biān de shíhòu yīyàng hējiǔ ba."

Shuō wán tā bǎjiǔ dào zài dìshàng. Shēnbiān qǐ le yīzhènfēng, rán'ér yī huǐ jiù bùjiàn le.

Wǎnshàng, Xǔ mèng jiàn le niánqīng rén, yīfú hěn měilì, hé yǐqián bù yīyàng, tā duì Xǔ shuō, "Xièxiè nǐ zǒu yuǎn lù lái kàn wǒ, dànshì wǒ zài zhèlǐ gōngzuò, bù fāngbiàn jiàn nǐ, hěn shāngxīn. Chéng lǐ de rén huì sòng nǐ lǐwù, nǐ huíqù de shíhòu,

城里的人告诉他，几天前，他们梦见了土地神，土地神说，"我有个姓许的朋友，他从河边来，请你们照顾他。"所以他们已经等他很久了。

许非常感动，就去土地神的庙里，拿了一杯酒，说，"你离开之后，我非常想你，所以来看你。你又让大家照顾我，十分感谢。可惜我没有什么可以带给你，只能给你一杯酒，如果你看得见，我们还像在河边的时候一样喝酒吧。"

说完他把酒倒在地上。身边起了一阵风，然而一会就不见了。

晚上，许梦见了年轻人，衣服很美丽，和以前不一样，他对许说，"谢谢你走远路来看我，但是我在这里工作，不方便见你，很伤心。城里的人会送你礼物，你回去的时候，

wǒ yě huì qù sòng nǐ."

Guò le jǐ tiān, Xǔ yào huí jiā le, dàjiā dōu qǐng tā chīfàn. Xǔ jiānchí yào líkāi, dàjiā sòng le tā hěnduō lǐwù, lǎorén hé háizi dōu lái sòng tā líkāi chéngshì.

Líkāi chéngshì de shíhòu, qǐ le yīzhènfēng, fēng yīzhí gēnzhe Xǔ zǒu le hěn yuǎn. Xǔ duì fēng shuō, "Liù Láng nǐ yào hǎo hào shēnghuó, bùyào sòng wǒ le, nǐ shì yīgè hǎorén, huì bǎohù hǎo zhège chéngshì, lǎo péngyǒu xiāngxìn nǐ."

Fēng zhuǎn le hěnjiǔ, líkāi le, chéng lǐ de rén yě dōu huíqù le.

Xǔ huí dàojiā, yīnwèi shōu le hěnduō lǐwù, jiā li yǒu le yīdiǎn qián, jiù bù zài qù zhuā yú le.

Hòulái jiàn dào Zhāo Yuǎn Chéng de rén, tā wèn le Liù Láng de qíngkuàng, dōu shuō fēicháng hǎo, chéng lǐ de rén yǒushì qù zhǎo Tǔdì Shén, tā yīdìng huì bāngzhù jiějué.

我也会去送你。"

过了几天，<u>许</u>要回家了，大家都请他吃饭。<u>许</u>坚持要离开，大家送了他很多礼物，老人和孩子都来送他离开城市。

离开城市的时候，起了一阵风，风一直跟着<u>许</u>走了很远。<u>许</u>对风说，"<u>六郎</u>你要好好生活，不要送我了，你是一个好人，会保护好这个城市，老朋友相信你。"

风转了很久，离开了，城里的人也都回去了。

<u>许</u>回到家，因为收了很多礼物，家里有了一点钱，就不再去抓鱼了。

后来见到<u>招远城</u>的人，他问了<u>六郎</u>的情况，都说非常好，城里的人有事去找<u>土地神</u>，他一定会帮助解决。

Stories in English

Poisoned Tea

Shuimang grass is a deadly plant that causes instant death if consumed. It has long leaves and blue flowers. Those who accidentally eat Shuimang grass die quickly and become Shuimang ghosts. According to legend, spirits who perish this way cannot reincarnate like normal souls. Instead, they must wait until another person eats the grass and dies—only then can the previous victim move on and be reborn.

There was a man named Zhu Sheng. One day, he traveled to a nearby city to visit a friend. While walking along the road, he grew very thirsty and searched for water.

He came across a small roadside shop and stepped inside. An old woman invited him to sit and handed him a cup of tea. However, as soon as he lifted it to his nose, he noticed a strange smell. Suspecting that it wasn't real tea, he quietly set the cup down and prepared to leave.

Sensing his hesitation, the old woman quickly called out, "Sanniang, bring some good tea!"

A young woman entered and brought Zhu Sheng a fresh cup. She was so beautiful that he couldn't take his eyes off her, forgetting everything else. He drank the tea she offered and found it delicious. Wanting more, he asked where she lived.

The woman simply smiled and said, "Come back this evening. I'll still be here."

Zhu Sheng took some tea leaves with him and continued on his journey to visit his friend. However, upon arrival, he began to feel unwell and suspected it was due to the tea. Worried, he told his friend what had happened.

His friend was shocked and exclaimed, "Oh no! That must have been a Shuimang ghost! My father died the same way, and there is no cure. What should we do?"

Terrified, Zhu Sheng took out the tea leaves and examined them carefully. Sure enough, they were Shuimang grass. He described the woman to his friend, who thought for a moment and said, "That must be Kou Sanniang."

Zhu Sheng was startled that his friend knew the woman's name and asked how he had recognized her.

His friend explained, "She was the daughter of a wealthy family in the southern village, renowned for her beauty. A few years ago, she accidentally ate Shuimang grass and died, becoming a ghost. Some say that if you learn the name of the ghost who gave you Shuimang grass, you can go to their home, find the clothes they wore while alive, boil them in water, and drink it to break the curse."

Without hesitation, the friend took Zhu Sheng to Sanniang's home. They explained what had happened and knelt at the door, pleading for help. However, her family refused, believing that only Zhu Sheng's death would free their daughter to reincarnate.

Left with no choice, Zhu Sheng and his friend departed. Furious, Zhu Sheng gritted his teeth and declared, "Even if I die, I won't let that woman reincarnate so easily!"

His friend accompanied him home, but before Zhu Sheng could even reach his house, he collapsed and died on the spot. His family was devastated.

Zhu Sheng had only one son. When the child was just a year old, Zhu Sheng's wife left and remarried, leaving his elderly mother to raise the boy alone. Life was difficult, and she often wept in sorrow.

One day, as Zhu Sheng's mother sat weeping while holding her grandson, Zhu Sheng suddenly appeared in the house. Terrified, his mother asked why he had returned.

Zhu Sheng spoke gently, "After I died, I heard your cries and couldn't bear it. So I came back to take care of you. Even though I am no longer alive, I have a wife now. I've brought her home to look after you, so please don't worry."

His mother, still in shock, asked, "Who is your wife?"

Zhu Sheng replied, "Sanniang's family let me die and refused to help. I was furious. After my death, I sought out their daughter. Though she had already been reincarnated, I pulled her back to the underworld as my wife. Now, we live together in peace."

Just then, a beautiful woman entered and respectfully greeted Zhu Sheng's mother. Zhu Sheng introduced her, "This is Kou Sanniang."

From that day on, Zhu Sheng and his family lived together. Although he and his wife were no longer human, his mother gradually accepted their presence and found comfort in it. Sanniang, though unfamiliar with household chores, was honest and kind-hearted.

After some time, she asked Zhu Sheng's mother to send word to her family, letting them know where she was. Zhu Sheng forbade it, but out of sympathy for Sanniang, his mother secretly sent a message to her parents.

When Sanniang's family heard the news, they were stunned and hurried to Zhu Sheng's house. Upon seeing their daughter, they broke down in tears, but Sanniang gently urged them,

"Please don't cry."

Noticing the Zhu family's poor living conditions, Sanniang's parents became deeply concerned. Sensing their worry, she reassured them, "We are no longer alive, so there is nothing to be concerned about. The Zhu family treats me very well—you can rest assured."

She then turned to Zhu Sheng and said, "I am your wife, yet you refuse to speak with my parents. How do you think that makes me feel?"

Hearing this, Zhu Sheng finally relented and spoke with Sanniang's parents.

Moved by their daughter's words, her parents returned home and arranged for people to help with household tasks at the Zhu family's house. They also provided a large sum of money and frequently sent various gifts. Over time, the Zhu family's living conditions improved significantly.

Sanniang often visited her parents, staying with them for a few days before returning to Zhu Sheng's home. Her parents even built a new house for the Zhu family. However, despite their generosity, Zhu Sheng never once visited their home.

One day, a neighbor who had eaten Shuimang grass died but mysteriously came back to life, leaving everyone astonished.

Zhu Sheng explained, "I was the one who saved him. The ghost that gave him the grass was Li Jiu, and I drove it away."

His mother asked, "Why don't you find someone to take your place?"

Zhu Sheng shook his head. "I despise those who harm others this way and want to put an end to them, not continue the cycle. Besides, I am happy taking care of you and have no desire to leave."

From then on, whenever someone accidentally consumed Shuimang grass, they would come to Zhu Sheng's house for help, and he would save them.

More than a decade later, Zhu Sheng's mother passed away. He and his wife were deeply saddened, but they no longer appeared before others. Instead, they had their son handle the funeral arrangements.

Two years later, their son married.

One day, Zhu Sheng said to him, "The heavens have recognized my good deeds and have summoned me to serve the River God. It is time for me to leave."

Suddenly, four golden carriages appeared. Zhu Sheng and his wife boarded them and vanished from sight.

That same day, Sanniang's parents saw their daughter appear before them. She repeated Zhu Sheng's words, and as they wept bitterly, she simply said, "My husband has gone." With that, she vanished and never returned.

Zhu Sheng's son then sought permission from Sanniang's family to bury her remains alongside his father's.

Judge Lu

There was a scholar named Zhu who was very sociable and loved making friends. However, he struggled with academics, particularly writing, despite his hard work.

In the city where Zhu lived, there was a temple filled with statues honoring the King of Yama. Among them stood a ghost judge with a terrifying green face.

One day, while drinking with his classmates, someone jokingly dared Zhu to steal the judge's statue from the temple. Zhu laughed and, to everyone's surprise, actually did it—returning with the statue and placing it on the table. His classmates were so frightened that they begged him to take it back.

Pouring a cup of wine onto the ground, Zhu said to the statue, "We were just joking around. Please don't be mad. I live nearby—feel free to stop by for a drink anytime."

The next night, as Zhu sat at home, someone entered—it was the judge, looking exactly like the statue.

Zhu asked, "I was rude to you yesterday. Have you come to take my life?"

The judge chuckled. "No, you invited me yesterday, so I came today."

Overjoyed, Zhu invited him to sit and asked his family to prepare food. As they drank together, Zhu grew curious and asked for the judge's name.

"My surname is Lu," the judge replied, "but I have no given name."

They began discussing academic writing, and Zhu was

surprised by Lu's vast knowledge.

"Do you also write essays?" Zhu asked.

Lu smiled. "I know a little."

Lu drank heavily, and eventually, Zhu dozed off. When he woke up, Lu was gone.

From that night on, Lu frequently visited Zhu's house. Zhu often showed him his writing, but Lu always found it lacking.

One night, Zhu fell asleep and was suddenly jolted awake by a sharp pain in his abdomen. Dazed, he opened his eyes to see Lu leaning over him, rearranging something inside his body.

Startled, Zhu gasped, "We're such good friends—why are you hurting me?"

Lu chuckled. "Don't worry, I'm giving you a smarter heart."

With that, he closed Zhu's abdomen and wrapped it with his clothes. There was no blood, and Zhu felt no pain. On the table beside him lay a heart. Zhu stared at it and asked, "What is this?"

Lu replied, "That's your old heart. Your writing was poor because it wasn't clever enough. I replaced it with a smarter one."

The next morning, Zhu checked his body—everything was normal. From that day on, his writing improved dramatically, and he could remember everything he read with just a single glance.

A few days later, Zhu eagerly showed Lu his latest work.

Lu nodded in approval. "Your writing is excellent now, but the heavens have determined that you can only become a regular official, not a senior one."

Zhu asked, "When will this happen?"

Lu replied, "This year."

Soon after, Zhu achieved the highest rank in the exam. To celebrate, he invited Lu for a feast. As they ate, Zhu said, "Thank you for giving me a new heart. May I ask for another favor?"

Lu asked, "What is it?"

Zhu replied, "Since you can replace hearts, can you also replace heads? My wife is not very beautiful—could you give her a prettier one?"

Lu laughed and said, "I can, but it will take some time to find the right one."

A few days later, Lu arrived at midnight, holding a woman's head in his hand. "It was difficult," he said, "but I found a beautiful head, so I came as you requested."

Zhu noticed that there was still blood on the head and quickly led Lu to his sleeping wife. Lu instructed Zhu to hold the new head, then carefully severed his wife's and replaced it. After ensuring it was properly attached, he let her rest and left.

When Zhu's wife woke up, she felt strange. Her neck was covered in blood. Frightened, she washed her face, but the water turned red. Looking in the mirror, she realized it wasn't her face—and she was terrified.

Zhu explained everything. His wife examined herself closely and saw that the new face was indeed beautiful, though the color of her face and neck didn't match exactly.

Despite Zhu's improved writing skills, he never became a high-ranking official. However, he and Lu remained friends for thirty years.

At last, Lu said, "It is time for you to die."

Zhu asked, "Can you make me live longer?"

Lu replied, "The heavens determine the time of life and death for everyone. Besides, life and death are no different—neither is inherently good or bad."

Zhu accepted this, and a few days later, he passed away.

One day, as Zhu's wife was mourning him, he suddenly appeared at home.

"I'm dead,' he said, "but I was worried about you and our son, so I came back."

His wife wept. "I've heard of the dead returning to life. Since you can come back, why can't you stay and live again?'

Zhu shook his head. "Heaven's will cannot be changed.'

As she tried to argue, he said, "Judge Lu is here. Bring some wine for us.'

His wife prepared wine and food and left them in an empty room. From outside, she heard laughter, just as when Zhu was alive. But when she checked at midnight, they were gone.

Zhu continued to visit, helping to raise their son and guiding him in his studies. The boy was brilliant, writing essays at nine and entering university at fifteen—unaware that his father was no longer alive.

One day, Zhu told his wife, "I won't come here anymore. The heavens have assigned me to govern a city far away.'

His wife and son wept as they embraced him.

"Don't be sad,' Zhu said. "Our son has grown, and you have enough wealth to live on. No couple stays together forever in this world.'

To his son, he said, "Study hard. I will see you again in ten years.'

After that, he left and never returned.

Ten years later, Zhu's son became an official. One day, as he walked down the street, a carriage passed by. Inside sat his father. Shocked, the son fell to his knees, crying.

Zhu stopped and said, "You've done well, and I'm proud of you.' Then, without turning back, the carriage continued on its way and soon disappeared from sight.

Mei's Daughter

A man named Feng Yunting loved to travel. One day, he stayed at a friend's house. In his room, he noticed a woman's shadow on the wall, as if it had been painted there. At first, he thought something was wrong with his eyes, but after a while, the figure remained. Curious, Feng Yunting stepped closer to examine it carefully. It was a young woman, her expression full of pain, with her tongue sticking out and a rope around her neck.

He immediately realized it was the ghost of someone who had hanged herself. However, since it was daytime, he wasn't too frightened. Instead, he spoke to the figure, saying, "If you are in trouble, I can help you."

The woman immediately stepped down from the wall and said, "This is the first time we've met, and I'm sorry for troubling you. But I am unable to pull my tongue back in because I am still hanging from the rope and unable to get down even now. Please help me by burning the beams in my room.'

Feng Yunting agreed to her request, and the woman disappeared. Curious, he asked his friend about the situation.

His friend explained, "This house belonged to the Mei family ten years ago. One night, a robber broke in but was caught and sent to the judge. However, the robber bribed the judge, who then ruled that the Mei family's daughter had been having an affair with the robber and had let him into the house. When the daughter heard this false accusation, she was so devastated that she hanged herself from the beams in her room. I later bought this house, but strange things have been happening ever since. I just never knew what to do about it.'

Feng Yunting told his friend what the woman said and gave him some money. The friend repaired the house and replaced the beams.

That evening, the woman, Mei, appeared again, looking normal. Feng Yunting enjoyed her company, and they got along very well. He grew fond of her and wished to stay with her forever. However, Mei said, "I will be your wife one day, but not yet.'

The next night, Mei arrived with another woman and introduced her, saying, "This is Aiqing. Her job is to entertain men, so she can keep you company.' The three of them spent the evening happily playing games, chatting, and joking with each other. After a while, Mei left, and Aiqing stayed with Feng Yunting.

During the night, Feng Yunting asked Aiqing about her situation, but she was reluctant to share much. She simply said, "If you like me, just knock on the wall three times, and I will come. If I don't come, it means I'm not available."

From then on, Mei and Aiqing often gathered joyfully in his room, and soon, everyone around heard about it.

The judge of the city, whose wife had died not long before, missed his wife dearly. Upon hearing that Feng Yunting could see ghosts in his room, the judge wanted to visit and ask about his wife's situation in the underworld. At first, Feng Yunting refused, but the judge insisted, so Feng Yunting reluctantly knocked on the wall three times. Before he could even call her name, Aiqing appeared.

Aiqing saw the judge in the room and immediately turned to leave. The judge, upon noticing her, became furious. He grabbed an object and hurled it at her, but Aiqing vanished instantly.

Feng Yunting was startled. Just then, an old woman

appeared and, glaring at the judge, shouted angrily, "You robber! You hurt my family member—you must apologize and compensate!' She picked up an object and threw it at the judge, striking him on the head.

The judge, clutching his head in sorrow, said bitterly, "She was my wife. I mourned her death, but after becoming a ghost, she was to accompany other men. How is that any of your concern?'

The old woman said angrily, "You were just a robber who bribed your way into a judge's position. Even so, you don't uphold the law; instead, you break it for whoever pays you. Heaven has decreed that you must repay the money you wrongfully earned. Your parents pleaded with the heavens to make your wife accompany other men, helping you atone for all your ill-gotten gains in the underworld—don't you understand?'

As she spoke, she struck the judge again, causing him to cry out in pain. Feng Yunting was shocked but could do nothing to intervene. Just then, Mei appeared, her face twisted in rage, her tongue hanging out once more. She grabbed the judge by the ear.

Fearing the worst, Feng Yunting quickly pleaded, "Although he has done wrong, if he dies in my house, I will bear responsibility. Please consider my situation.'

Only then did Mei stop the old woman and say, "Let him live for now—don't bring trouble to Mr. Feng.'

The judge took the opportunity to flee. However, as soon as he reached his home, he collapsed and died.

The next night, Mei came happily to see Feng Yunting, who asked, "What wrong did he do?'

Mei said, "He was the judge who took bribes from the

robber and falsely accused me of letting the robber into my house. He served as a judge for eighteen years, and I have been dead for sixteen. Now that he has finally died, justice is served. I once told you I would be your wife—do you remember?'

Feng Yunting said, "I still hope so now.'

Mei replied, "I have already been reincarnated into the Zhan family in a nearby city. You can go there and ask to marry their daughter. If you bring this bag with you, I will be able to go with you.' She handed him a small bag and instructed, "Do not call my name on the way. When it's time for the wedding, hang this bag over your wife's head and say, 'Remember?' "

Feng Yunting memorized her words carefully. When he opened the bag, Mei disappeared.

Feng Yunting traveled to the nearby city and found the Zhan family. They indeed had a daughter who was very beautiful, but she was intellectually disabled and had been unable to speak since birth, so no one wanted to marry her.

Feng Yunting proposed marriage to the Zhan family, and they happily agreed.

On the wedding day, the Zhan family's daughter remained silent, only smiling at Feng Yunting. Following Mei's instructions, he placed the bag over her head and said, "Remember?" She gazed at him as if something had awakened in her memory.

Feng Yunting smiled and asked, "Don't you recognize me?"

At that moment, her expression changed—she immediately understood and, to everyone's astonishment, began speaking normally.

The next morning, Feng Yunting and his new wife visited her parents. The Zhan family was shocked to discover that their daughter could now speak. Feng Yunting explained everything that had happened, and upon hearing it, the Zhan family was overjoyed. Grateful and relieved, they treated Feng Yunting and their daughter with even greater kindness. From that day on, they lived happily together.

The Painted Skin

Once upon a time, there was a man named Wang Sheng. One morning, he saw a beautiful young woman walking alone on the road.

Wang Sheng asked, "Why are you here by yourself?"

The woman answered, "Don't ask if you won't help."

Wang Sheng said, "Tell me what happened, and I might help you."

The woman said sadly, "My parents sold me to a rich man. His wife beats me every day, so I had to run away, but I have nowhere to go."

Wang Sheng said, "You can stay at my place."

The woman accepted with delight. Wang Sheng brought her home and let her stay in the study.

The woman said, "This place is wonderful. You've been kind to me. Please don't tell anyone I'm here."

Wang Sheng and the woman got along very well. After a few days, Wang Sheng told his wife about the woman. Fearing the rich man, his wife asked Wang Sheng to send the woman away, but he refused.

A few days later, Wang Sheng went out to walk and happened to encounter a Daoist priest on the street. The priest looked at him in surprise and asked, "Have you noticed anything unusual at your place lately?"

Wang Sheng said, "No."

The Daoist priest said, "You have the scent of evil ghost following you. How could there be nothing unusual happening?"

Wang Sheng still insisted, "No."

As the Daoist priest walked away, he muttered, "It's so weird. There really are people like this—on the brink of death without even knowing it."

Wang Sheng suspected that the Daoist priest was referring to the woman. However, after some thought, he dismissed the idea, believing that someone as beautiful as her couldn't possibly be an evil ghost, and the Daoist priest was probably just making up a story to scare him and cheat him out of money.

That day, Wang Sheng returned home at noon and found the courtyard gate locked, so he climbed over the wall.

The study door was also shut.

Wang Sheng sneaked in and peered through the window.

Inside the room, an evil ghost with a green face and sharp, jagged teeth sat at the table. A whole sheet of human skin was spread out before it, and the ghost was drawing on it with colored pencils.

After finishing the drawing, the ghost tossed the pencils aside, picked up the skin, put it on like a dress, and transformed back into the woman.

Wang Sheng was terrified and quietly slipped away. He searched the entire city for the Daoist priest. Finally, he found him in the suburbs, knelt down, and begged for his help.

The Daoist priest said, "I will help you chase it away. If it leaves on its own, I won't kill it."

He handed Wang Sheng a broomstick and instructed him to hang it on the door of his bedroom.

Wang Sheng returned home and did as he was told. That night, he heard a noise at the door. His wife went out to check and saw the woman approaching. However, as soon as she reached the bedroom door, the broomstick blocked her path. She could not enter.

Frustrated, she paced back and forth, circling the door several times, but in the end, she had no choice but to leave.

Before long, the woman returned and said angrily, "That old Daoist priest is just trying to scare me. Can't you let go of what's already in your hands?"

She snapped the broomstick in half, smashed the door, and sprang onto the bed. Then, she plunged her hand into Wang Sheng's belly, tore out his heart, and fled.

Wang Sheng's wife screamed for help. The family rushed in with a lamp, only to find Wang Sheng dead, his body drenched in blood.

The next day, Wang Sheng's second brother found the Daoist priest, who said angrily, "I wanted to handle this peacefully, but this evil ghost is far too troublesome!"

When the Daoist arrived at Wang Sheng's house, the woman was already gone.

He looked around and asked, "It hasn't gone far. Whose yard is that to the south?"

The second brother replied, "That's my house."

The Daoist said, "She's in your home now."

The second brother was frightened, and the Daoist priest asked, "Has anyone strange visited your home?"

The second brother hurried home to check and soon returned, saying, "An old woman came this morning asking if we needed a maid. She's still there."

The Daoist warned, "Be careful—that's her."

Everyone went to the second brother's house, and the Daoist priest stood in the yard and called out, "You evil ghost, give me my broomstick back!"

The old woman was terrified and tried to flee. The Daoist priest swung his sword, striking her. She fell, and the human skin slipped off. Everyone saw that she was nothing more than an evil ghost, thrashing on the ground and letting out animal-like screams. The Daoist priest cut off its head, and the body dissolved into a cloud of smoke.

He then took out a bottle and captured the smoke inside. In less than a minute, all the smoke was sealed within the bottle. The human skin lay on the ground, complete with eyebrows, eyes, hands, and feet—just like a real person. The Daoist priest placed both the skin and the bottle into his bag and prepared to leave.

At that moment, Wang Sheng's wife anxiously ran over, knelt down, and begged the Daoist priest to save her husband.

The Daoist priest replied, "I can't save him, but I know someone who can. There's a filthy beggar in the city who often lies on the ground. Go ask him for help. If he's rude, don't take offense—just insist that he helps you."

Wang Sheng's wife searched the city until she finally found a beggar lying in the street, singing. He was so dirty that no one dared to approach him.

She knelt before him and pleaded, "Please save my husband."

The beggar laughed and said, "He's your husband—why should I save him?"

Despite his refusal, Wang Sheng's wife persisted.

The beggar struck her with an object and sneered, "How strange! You expect me to bring the dead back to life? I'm not the King of Yama!"

As more and more people gathered to watch, Wang Sheng's wife stood her ground, refusing to leave.

Finally, the beggar spat some phlegm into his hand and said, "Eat this!"

Though anger flared within her, she recalled the Daoist priest's advice. Swallowing her pride, she ate the phlegm, feeling something hard roll down and settle in her stomach.

The beggar laughed gleefully and walked away. Wang Sheng's wife chased after him for a long time but eventually lost sight of him. Frustrated and disheartened, she returned home in disappointment.

Back home, she wept bitterly as she carefully tended to Wang Sheng's corpse, placing his intestines back into his belly. Suddenly, she felt something rise in her stomach. She spat it out and was astonished to see a warm, beating heart.

The heart fell into Wang Sheng's open belly, still pulsing. Shocked yet hopeful, she quickly closed the wound and touched his body, feeling warmth returning. She hurriedly dressed him.

By nightfall, when she checked again, Wang Sheng had begun to breathe.

The next morning, when she checked on him, Wang Sheng

was awake. "It all feels like a dream," he said, "except my belly hurts a little."

People examined the spot where his belly had been cut. Only a single scar remained, and before long, even that healed completely.

The Scholar and the Ghost

A scholar named Ning Caichen was traveling and took lodging in the east room of a temple. There, he met a fellow guest staying in the south room named Yan Chixia. The two quickly became good friends, often spending time together and enjoying each other's company.

One night, as Ning Caichen was sleeping, a woman entered his room. She was extraordinarily beautiful. Smiling, she said, "I'm not sleepy. Let's do something fun."

Ning Caichen sat up and said, "I don't know you. You shouldn't come into my room like this."

The woman smiled. "It's late. No one will know."

Still, Ning Caichen firmly told her to leave, but she refused. Frustrated, he shouted, "Get out, or I'll call Yan Chixia!"

At this, the woman became frightened and hurried out. Moments later, she returned and placed a piece of gold before him.

Ning Caichen picked it up and threw it back at her. "This isn't mine, and I don't want it."

The woman looked at him in surprise, took the gold, and silently left.

Soon after, the guest staying in the north room suddenly

died without explanation. The only sign of harm was a small wound on his foot. No one knew what had happened.

One night, the woman returned and said to Ning Caichen, "I have seen many people, but you are different. I don't want to deceive you anymore. My name is Xiaoqian. I died at eighteen, and my bones are buried nearby. A demon forces me to serve him, but I do so unwillingly. Now that there are no other guests left, the demon will come for you next."

Ning Caichen was terrified. "What should I do?" he asked.

"Stay with Yan Chixia," Xiaoqian said. "He can protect you."

"Why don't you go to Yan Chixia?" Ning Caichen asked.

"He is a Sword Immortal," Xiaoqian replied. "I don't dare to face him."

"What does the demon force you to do?" Ning Caichen asked.

"If someone lets me stay with them, I must take their blood for the demon to drink," Xiaoqian explained. "If they prefer money, I give them bones disguised as gold—once touched, they devour the person's heart."

Ning Caichen was horrified but grateful for her warning. "Thank you," he said sincerely.

As Xiaoqian was leaving, tears welled in her eyes. "The demon forces me to do these terrible things, and I have no way to refuse," she said. "My bones are buried under the tree outside the door. You are an honest man—if you can take my bones away and bury them elsewhere, you will have done me a great kindness."

Ning Caichen solemnly agreed.

The next morning, he spent time talking with Yan Chixia and insisted on sleeping in his room that night. Finally, Yan Chixia sighed and said, "I know you have a reason for wanting to stay here, but don't touch my things. Otherwise, it will be bad for both of us."

Ning Caichen nodded in agreement.

That night, he heard movement outside. Something crept closer until it reached the window. Just as Ning Caichen was about to cry out, something suddenly shot out from Yan Chixia's suitcase like a streak of lightning, struck the window, and vanished into the darkness.

Yan Chixia got up, retrieved a glowing white object from his suitcase, examined it, then put it back and said, "What kind of demon is this? It even managed to damage my suitcase."

Ning Caichen, curious, got up to ask what had happened.

Yan Chixia sighed. "Since we are good friends, I'll tell you the truth—I am a Sword Immortal. Just now, if not for the window blocking my attack, that demon would be dead. Even so, it's badly wounded now."

The next day, Ning Caichen walked outside the temple gate and found a tree just as Xiaoqian had described. Digging beneath it, he uncovered her bones and carefully prepared to take them with him.

As he was leaving, Yan Chixia handed him a sword-carrying case and said, "This will keep demons away."

Ning Caichen buried Xiaoqian's bones near his home and began his journey back.

Along the way, Xiaoqian appeared again, beaming with joy. "You are an honest man," she said. "I don't know how to thank you. Please take me home—I would like to be your wife."

Ning Caichen brought her home to meet his mother, who was greatly surprised.

Xiaoqian said to her, "I don't know anyone here. Your son has helped me, and I wish to be his wife."

His mother replied, "I appreciate your kindness, but I have only one son, and I cannot let him marry a ghost."

Xiaoqian smiled and said, "If I cannot be his wife, then please allow me to stay here as your daughter. I will take care of you."

Touched by her sincerity, Ning Caichen's mother agreed. At first, she was wary of Xiaoqian, but as time passed, she saw how gentle and caring she was and grew increasingly fond of her. Eventually, she completely forgot that Xiaoqian was not human, and at times, they even shared the same bedroom at night.

When Xiaoqian first arrived, she refused to eat anything, but later, she began eating rice. Both Ning Caichen and his mother grew to love her. His mother even hoped she could become Ning Caichen's wife but remained concerned that she was not human.

When Xiaoqian learned of his mother's worries, she said, "I have lived in your home for a long time. You know I am not a bad person, and I would be honored to marry Ning Caichen, who will one day become an official."

His mother hesitated, fearing that Xiaoqian might not be able to have children.

Xiaoqian gently replied, "Whether we have children or not is determined by Heaven. It doesn't matter whether the wife is human or not."

Reassured by her words, his mother finally agreed, and Xiaoqian married Ning Caichen.

One day, Xiaoqian suddenly asked, "Where is the sword-carrying case?"

Ning Caichen replied, "I didn't want you to be afraid, so I put it away."

Xiaoqian said, "I've been here for a long time. I shouldn't be afraid anymore—take it out."

"Why?" Ning Caichen asked.

Xiaoqian sighed. "I've been feeling uneasy lately. I fear the demon from before might come back for me."

Hearing this, Ning Caichen took out the sword-carrying case. Xiaoqian examined it for a while and said, "This case was used to carry severed human heads. It's so worn—I can't imagine how many people have been killed with it! Even now, just looking at it frightens me."

She hung the case on the door and sat down, telling Ning Caichen to stay awake as well.

Soon, something like a bird landed on the ground. Frightened, Xiaoqian hurried into the room while Ning Caichen stepped forward to take a closer look. It was a demon with glowing eyes and a blood-red mouth. The demon tried to enter but hesitated at the sight of the case. Carefully, it extended its claws to grab it.

Suddenly, the sword-carrying case expanded with a loud noise. A much larger demon emerged from the case, seized the first demon, and pulled it back inside. The noise stopped, and the sword-carrying case returned to its original size.

Stunned, Ning Caichen stared in disbelief. Xiaoqian stepped out, relieved, and said cheerfully, "It's all right now!"

Curious, they opened the sword-carrying case, only to find

a small amount of clear water inside.

Several years later, Ning Caichen became a local official, and Xiaoqian gave birth to a child. They lived happily ever after.

A Water Ghost Saves a Mother

There was a fisherman named Xu who lived by a river. Every evening, he would take his boat out onto the water, enjoying some alcohol while fishing. As he sipped his drink, he often raised a toast, pouring some alcohol into the river and saying, "O water ghosts of the river, let's drink together!"

This had become his daily routine. Strangely, even on days with unfavorable conditions, when other fishermen caught nothing, Xu consistently returned with a bountiful catch.

One night, as Xu was drinking alone, a young man happened to wander by.

Xu invited him to join, and the young man gladly accepted.

That night, however, Xu didn't catch a single fish and was left disappointed.

The young man stood up and said, "Please allow me to go to the river and catch some fish for you."

He left for a while and then returned, saying confidently, "The fish will be here soon."

Xu pulled in the fishing net and, to his delight, found several large fish inside. Overjoyed, he prepared to head home and offered to share some of his catch with the young man.

The young man refused the fish and said, "You've often treated me to drinks, and I don't know how to thank you. If you enjoy my company, I'll visit you on your boat more often."

Xu frowned in confusion. "We only just met tonight—why do you say I often treat you to drinks? But if you're willing to visit me often, I'd be delighted."

He then asked for the young man's name.

The young man replied, "I have no given name. My surname is Wang, but you can just call me Sixth Lang."

With that, they bid each other farewell.

The next day, Xu sold his fish and bought more wine. That evening, when he returned to the river, the young man was already waiting for him. They drank and talked, and once again, the young man helped Xu catch fish.

For several months, their evenings continued in this way.

One day, the young man said to Xu, "It has been a pleasure knowing you. We get along like brothers, but I will be leaving soon."

Xu asked, "Why?"

The young man paused for a moment before replying, "We're good friends, so I'll be honest with you. I am a water ghost. When I was alive, I loved drinking, but I drowned in this river by accident. You were able to catch more fish than others because I helped you, to thank you for sharing your wine with me. Soon, someone new will take my place, and I will finally reincarnate as a human. Our days of drinking together are coming to an end, and that makes me sad."

Xu was surprised at first, but having known the young man for so long, he felt no fear. Instead, he raised his cup and said, "Let's have a drink together. It's wonderful that you can reincarnate and become human again. Even though our time together is limited, we should be happy, not sad."

So they drank together once more. After a while, Xu asked, "Who will take your place?"

The young man sighed and said, "Wait by the river until noon tomorrow. A woman will drown while crossing the river— she is the one who will replace me."

The next day, Xu went to the river and waited. Around noon, a woman carrying a toddler approached the water but accidentally fell in. The child sat on the riverbank, crying. Moments later, to Xu's astonishment, the woman climbed out of the river, rested briefly, then picked up her child and walked away as if nothing had happened.

When the woman fell into the water, Xu felt sorry for her and wanted to help. But remembering that she was meant to replace the young man, he hesitated.

When she managed to climb out of the river on her own and walked away, Xu began to doubt whether the young man's words had been entirely true.

That night, Xu went fishing again, and to his surprise, the young man appeared.

"I'm back, and I'm not leaving," he said.

"Why?" Xu asked in astonishment.

The young man sighed and explained, "The woman was supposed to take my place, but I felt sorry for her child and helped her. Now, I have no idea when someone else will come to replace me."

Xu smiled and said, "Your kindness will surely be rewarded by Heaven."

And so, they continued drinking together as usual.

A few days later, the young man returned to say goodbye once more. Xu assumed that someone had finally come to replace him.

But the young man shook his head and said, "No. I helped that woman, and Heaven took notice. They have appointed me as the Land God of Zhaoyuan City. I'll be leaving soon. If you ever miss me, please come visit—don't let the long journey deter you."

Xu replied cheerfully, "It's wonderful that your kindness earned you such an honor. But you're a god now, and I'm just a mortal. What could I possibly do, even if I didn't fear the distance?"

The young man smiled. "Just come. Don't worry." He repeated this several times before finally departing.

Xu returned home and prepared for his journey to Zhaoyuan City.

His wife chuckled and said, "Even if it is a long journey, it's only a few hundred miles at most. However, statues of gods in temples will not talk to you."

Ignoring her words, Xu set off.

Upon arriving in Zhaoyuan City, he checked into a hotel and asked, "Where is the Land God's temple?"

The hotel attendant looked surprised and asked, "Is your surname Xu?"

Xu replied, "Yes. How do you know?"

The attendant asked again, "Are you from the river?"

Xu nodded. "Yes. But how do you know?"

Instead of answering, the hotel attendant excitedly announced Xu's arrival to everyone in the city, leaving him bewildered.

The townspeople eagerly gathered and explained, "A few days ago, we all had the same dream. The Land God told us, "My friend Xu is coming from the river. Please take good care of him." We've been waiting for you ever since."

Xu was deeply moved. He went to the Land God's temple, poured a cup of wine, and said, "After you left, I missed you very much, so I came to see you. You even asked the townspeople to take care of me—thank you. I have nothing to offer but this cup of wine. If you can see it, let's drink together, just as we did by the river."

After saying this, he poured the wine onto the ground. A sudden wind rose around him, swirling briefly before vanishing.

That night, Xu dreamed of the young man, now dressed elegantly and looking completely different from before. The young man said, "Thank you for traveling such a long way to see me. Unfortunately, I have duties here and cannot meet you in person, which saddens me. The locals will give you gifts, and I will see you off when you return home."

Xu stayed in the city for a few days before deciding to return home. Although many invited him to stay for a meal, Xu politely declined. The local residents presented him with numerous gifts, and even the elderly and children gathered to see him off.

As he was leaving the city, a gust of wind rose and followed him for a long distance. Xu spoke to the wind, "Sixth Lang, live a good life. There's no need to follow me. You're a good person, and as your old friend, I trust you will protect the city well."

The wind swirled around him for a while before finally dissipating, and the locals returned to the city.

When Xu arrived home, the generous gifts he had received brought him a bit of wealth, allowing him to retire from fishing.

Later, whenever Xu met people from Zhaoyuan City and asked about Sixth Lang, they all praised him, saying that anyone who sought help from the Land God always had their problems resolved.

Glossary

These are all the Chinese words (other than proper nouns) used in this book.

Chinese	Pinyin	English
啊	a	ah, oh, what
爱	ài	love
按照	ànzhào	according to
吧	ba	(indicates assumption or suggestion)
把	bǎ	(preposition introducing the object of a verb)
八	bā	eight
白	bái	white; bright
百	bǎi	hundred
白天	báitiān	day, daytime
办	bàn	to handle
半	bàn	half
搬(动)	bān (dòng)	to move
办法	bànfǎ	way
帮(助)	bāng (zhù)	to help
帮忙	bāngmáng	to help
半夜	bànyè	midnight
包	bāo	to wrap, bag
抱(住)	bào (zhù)	to hold, to carry
保护	bǎohù	to protect
被	bèi	quilt
北	běi	north
杯(子)	bēi (zi)	cup
本(来)	běn (lái)	originally
比	bǐ	compared to, than
笔	bǐ	pen
变	biàn	to change
边	biān	side, edge
变成	biànchéng	to become

别	bié	do not, other
并且	bìngqiě	and
必须	bìxū	must
脖子	bózi	neck
不	bù	no, not, do not
不到	bù dào	less than
不过	bùguò	but
不好意思	bùhǎoyìsi	feel embarassed
不久	bùjiǔ	not long ago, soon
才	cái	only
彩(色)	cǎi (sè)	color
才能	cáinéng	can only, ability, talent
草	cǎo	grass, straw
茶	chá	tea
唱(歌)	chàng (gē)	to sing
肠子	chángzi	intestines
车	chē	car, cart
城(市)	chéng (shì)	city
成(为)	chéng (wéi)	to become
诚实	chéngshí	honest
城市	chéngshì	city
吃(饭)	chī (fàn)	to eat
吃惊	chījīng	to be surprised
重	chóng	again
出	chū	out
船	chuán	boat
穿(过)	chuān (guò)	to pass through
穿(上)	chuān (shàng)	to wear, to put on
床	chuáng	bed
窗(户)	chuāng (hù)	window
出现	chūxiàn	to stab
次	cì	(next in a sequence)
从	cóng	From
从此	cóngcǐ	from then on
从来不	cónglái bù	never

聪明	cōngmíng	clever
错	cuò	wrong
大	dà	big
打	dǎ	to hit, to play
带	dài	to carry, to lead, to bring
待	dài	to treat (well, badly, etc.)
袋(子)	dài (zi)	bag
代替	dàitì	to replace
大家	dàjiā	everyone
打开	dǎkāi	to turn on, to open
但(是)	dàn (shì)	but
当	dāng	when
当然	dāngrán	of course
担心	dānxīn	to worry
到	dào	to arrive, towards
道	dào	path, way, Dao, to say, (measure word for lines, orders)
倒	dǎo	to fall
刀	dāo	knife
到处	dàochù	everywhere
道士	dàoshi	Daoist priest
打扫	dǎsǎo	to sweep, to clean
打算	dǎsuàn	intend
大小	dàxiǎo	size
打招呼	dǎzhāohū	to greet
地	de	(adverbial particle)
的	de	of
得	dé	(particle showing degree or possibility)
的话	dehuà	if
等	děng	to wait
灯(光)	dēng (guāng)	light
第	dì	(ordinal prefix)
店	diàn	shop, store
点	diǎn	point, hour
吊	diào	to hang
掉	diào	to fall, to drop, to lose

弟弟	dìdi	younger brother
地方	dìfāng	place
动	dòng	to move
懂	dǒng	to understand
东(部)	dōng (bù)	east
动物	dòngwù	animal
东西	dōngxī	thing
都	dōu	all
读	dú	to read
毒(药)	dú (yào)	poison
段	duàn	(measure word for sections)
对	duì	correct, towards someone
对不起	duìbùqǐ	I am sorry
多	duō	many
多少	duōshǎo	how many
读书人	dúshūrén	student, scholar
肚子	dùzǐ	belly, abdomen
恶	è	evil
二	èr	two
而(且)	ér (qiě)	and
耳朵	ěrduǒ	ear
儿子	érzi	son
发	fà	hair
法	fǎ	method, way
发	fā	to send, to issue
法官	fǎguān	judge
发光	fāguāng	to glow
法律	fǎlǜ	law
饭	fàn	cooked rice, a meal
翻	fān	to climb over
饭店	fàndiàn	restaurant
反对	fǎnduì	be opposed to
放	fàng	to put, to let out
房(子)	fáng (zi)	house, room
方便	fāngbiàn	convenient, suitable

方法	fāngfǎ	method
房间	fángjiān	room
放心	fàngxīn	rest assured
发热	fārè	feverish
发生	fāshēng	to occur
发现	fāxiàn	to find out
非常	fēicháng	very
分	fēn	very, minute; to divide
封	fēng	(measure word for letters, mail)
风	fēng	wind
分钟	fēnzhōng	minute
父(亲)	fù (qīn)	father
复活	fùhuó	resurrection
附近	fùjìn	nearby
父母	fùmǔ	parents
夫妻	fūqī	couple
负责	fùzé	be responsible for
改(变)	gǎi (biàn)	to change
敢	gǎn	to dare
赶	gǎn	to chase away
感(到)	gǎn (dào)	to feel
感动	gǎndòng	moving
刚(才)	gāng (cái)	just, just a moment ago
刚刚	gānggāng	just
赶紧	gǎnjǐn	quickly
感觉	gǎnjué	to feel
感谢	gǎnxiè	to thank
告诉	gàosù	to tell
高兴	gāoxìng	happy
个	gè	(measure word, generic)
各种	gè zhǒng	various
个儿	gè'er	height
哥哥	gēgē	elder brother
给	gěi	to give
根	gēn	root, (measure word for long thin things)

跟(着)	gēn (zhe)	with, to follow
更	gèng	even, watch (2-hour period)
工作	gōngzuò	work
挂	guà	to hang, to call
关	guān	to turn off, to close, to lock up
官	guān	officer, official
光	guāng	light
关系	guānxì	relationship
跪	guì	to kneel
鬼(怪)	guǐ (guài)	ghost
滚	gǔn	to roll
过	guò	to pass, (after verb to indicate past tense)
过来	guòlái	to come
过去	guòqù	past, to pass by
果然	guǒrán	really
故事	gùshì	story
骨头	gǔtou	bone
还	hái	still, also
害	hài	to harm
还有	hái yǒu	and also
害怕	hàipà	fear, scared
还是	háishì	still is
孩子	háizǐ	child
喊(叫)	hǎn (jiào)	to call, to shout
好	hǎo	good, very
好像	hǎoxiàng	to like
合	hé	to combine, to join
和	hé	and, with
河	hé	river
喝	hē	to drink
很	hěn	very
合适	héshì	suitable
红(色)	hóng (sè)	red
后	hòu	after, back, behind
后来	hòulái	later

画	huà	to paint, painting
话	huà	word, speak
花(朵)	huā (duǒ)	flowers
花钱	huā qián	spend money
坏	huài	bad, broken
怀疑	huáiyí	suspect
换	huàn	to exchange, to trade
黄(色)	huáng (sè)	yellow
回	huí	to return
会	huì	will, to be able to
挥(动)	huī (dòng)	to swat, to wave
回答	huídá	answer
活(着)	huó (zhe)	alive
忽然	hūrán	suddenly
呼吸	hūxī	to breathe
互相	hùxiāng	each other
几	jǐ	several
记(住)	jì (zhù)	to remember
家	jiā	family, home
件	jiàn	(measure word for clothing, matters)
剑	jiàn	sword
尖	jiān	pointed, tip
间	jiān	(measure word for room)
见(面)	jiàn (miàn)	to see, to meet
检查	jiǎnchá	to inspect, examination
坚持	jiānchí	to insist
讲	jiǎng	to speak
将	jiāng	shall
降落	jiàngluò	landing
叫	jiào	to call, to yell
脚	jiǎo	foot
交	jiāo	to meet, to intersect
教(会)	jiāo (huì)	to teach
骄傲	jiāo'ào	pride
郊区	jiāoqū	suburbs

家人	jiārén	family, family members
家事	jiāshì	housework
街(道)	jiē (dào)	street
结果	jiéguǒ	result
结婚	jiéhūn	to marry
解决	jiějué	to solve, settle, resolve
进	jìn	to advance, to enter
近	jìn	near
今	jīn	this, these
金	jīn	gold
镜(子)	jìng (zi)	mirror
竟然	jìng rán	it turns out
经常	jīngcháng	often
经过	jīngguò	after, through
进入	jìnrù	enter
紧张	jǐnzhāng	nervous, tension
既然	jìrán	now that
即使	jíshǐ	even though
就	jiù	just, right now
救	jiù	to save, to rescue
久	jiǔ	long
九	jiǔ	nine
酒	jiǔ	wine, liquor
救活	jiù huó	save
就要	jiù yào	about to
觉得	juédé	to feel
决定	juédìng	to decide
拒绝	jùjué	to refuse
开	kāi	open
开始	kāishǐ	to begin
开玩笑	kāiwánxiào	to make a joke
开心	kāixīn	happy
看	kàn	to look
砍	kǎn	to cut
看起来	kàn qǐlái	it looks like

看见	kànjiàn	to see
靠近	kàojìn	near
考虑	kǎolǜ	consider
考试	kǎoshì	examination
渴	kě	thirst
棵	kē	(measure word for trees, vegetables, some fruits)
可爱	kě'ài	lovely, cute
可怜	kělián	pathetic
可能	kěnéng	maybe
可怕	kěpà	frightening, terrible
客气	kèqì	polite
客人	kèrén	guest
可是	kěshì	but
可惜	kěxí	pity
可以	kěyǐ	can
空(气)	kōng (qì)	air, void, emptiness
口	kǒu	mouth; (measure word for mouthfuls, doorways)
哭	kū	to cry
快	kuài	fast
块	kuài	piece, lump; (measure word for chunks)
快乐	kuàilè	happy
快要	kuàiyào	soon
困难	kùnnán	difficulty
拉	lā	to pull
来	lái	to come
蓝(色)	lán (sè)	blue
老	lǎo	old
了	le	(indicates completion)
李	lǐ	plum
礼	lǐ	courtesy, manners
理	lǐ	to repair
里(面)	li (miàn)	inside
脸	liǎn	face
梁	liáng	beam, rafter

辆	liàng	(measure word for vehicles)
两	liǎng	two, Chinese ounce
聊	liáo	chat
了事	liǎo shì	nothing happened
聊天	liáotiān	to chat
离开	líkāi	to leave
礼貌	lǐmào	polite
另一	lìng yī	another
邻居	línjū	neighbor
六	liù	six
礼物	lǐwù	gift
路	lù	road
绿(色)	lǜ (sè)	green
旅行	lǚxíng	travel
吗	ma	(indicates a question)
马	mǎ	horse
麻烦	máfan	trouble
埋	mái	to bury
卖	mài	to sell
买	mǎi	to buy
妈妈	māmā	mother
莽	mǎng	reckless
马上	mǎshàng	immediately
梅	méi	plum (plant or flower)
没	méi	no, not have
每	měi	every
美(丽)	měi (lì)	beautiful
没关系	méiguānxì	it doesn't matter
眉毛	méimáo	eyebrow
没事	méishì	nothing, no problem
没有	méiyǒu	no, not have
们	men	(indicates plural)
门	mén	door
梦	mèng	dream
面	miàn	side, surface, noodles, face, (measure word for flat things)

庙	miào	temple
米饭	mǐfàn	cooked rice
名(字)	míng (zì)	first name, name, (measure word for an occupation or profession)
明白	míngbái	to understand, clear
摸	mō	to touch
母	mǔ	female (animal)
母亲	mǔqīn	mother
拿	ná	to take
那	nà	that
哪	nǎ	which
拿起(来)	ná qǐ (lái)	to pick up
奶奶	nǎinai	grandmother
那里	nàlǐ	there
哪里	nǎlǐ	where
南	nán	south
男	nán	male
难道	nándào	could it be
难过	nánguò	to be sad or sorry
难受	nánshòu	uncomfortable
呢	ne	(indicates question)
能	néng	can
你	nǐ	you
年	nián	year
娘	niáng	mother; young woman
年龄	niánlíng	age
年轻	niánqīng	young
鸟	niǎo	bird
您	nín	you (respectful)
弄	nòng	to do, to make
女	nǚ	female
暖	nuǎn	warm
女儿	nǚ'ér	daughter
努力	nǔlì	work hard
爬	pá	to climb
怕	pà	afraid

旁(边）	páng (biān)	beside
判官	pànguān	judge
跑	pǎo	to run
陪	péi	to accompany
朋友	péngyǒu	friend
皮	pí	skin, leather
骗(术)	piàn (shù)	to trick, to cheat
漂亮	piàoliang	beautiful
皮肤	pífū	human skin
瓶(子)	píng (zi)	bottle
破	pò	to break
破旧	pòjiù	old
铺	pù	to spread out, to lay
起	qǐ	from, up
前	qián	in front, before, side
钱	qián	money
墙(壁)	qiáng (bì)	wall
强盗	qiángdào	bandit
敲(击)	qiāo (jī)	to knock, to strike
悄悄	qiāoqiāo	quietly
起床	qǐchuáng	to get out of bed
乞丐	qǐgài	beggar
奇怪	qíguài	strange
起来	qǐlái	(after verb, indicates start of an action)
请	qǐng	please
情况	qíngkuàng	situation
亲近	qīnjìn	close
亲戚	qīnqī	relative
穷	qióng	poor (having no money)
其实	qíshí	in fact
其他	qítā	other
求	qiú	to beg
其中	qízhōng	among them
妻子	qīzǐ	wife
去	qù	to go

取	qǔ	to take
全	quán	complete
全部	quánbù	all, entire
区别	qūbié	the difference
却	què	but, however, yet
确实	quèshí	really
然	rán	so
然而	rán'ér	however
让	ràng	to let, to cause
然后	ránhòu	then
人	rén	person, people
热闹	rènao	lively, bustling
扔	rēng	to throw
仍然	réngrán	still, yet
认识	rènshí	to understand
认为	rènwéi	to believe
认真	rènzhēn	serious
日子	rìzi	day; life
容易	róngyì	easy
如果	rúguǒ	if
三	sān	three
扫帚	sàozhǒu	broom
杀	shā	to kill
闪电	shǎndiàn	lightning
上	shàng	on, up
伤口	shāngkǒu	wound
上天	shàngtiān	god, heaven
伤心	shāngxīn	sad
烧	shāo	to burn
射	shè	to shoot, to emit
身(体)	shēn (tǐ)	body
神(仙)	shén (xiān)	spirit, god
身边	shēnbiān	around
生	shēng	to give birth, to grow out
声(音)	shēng (yīn)	sound

绳(子)	shéng (zi)	rope
生还	shēng huán	survive
生活	shēnghuó	life
生气	shēngqì	anger
什么	shénme	what
神像	shénxiàng	statue
身影	shēnyǐng	figure
甚至	shènzhì	even
舌头	shétou	tongue
十	shí	ten
市	shì	city
是	shì	is, yes
试	shì	to taste, to try
时(候)	shí (hòu)	time, moment, period
事(情)	shì (qing)	thing
是否	shìfǒu	whether
时间	shíjiān	time, period
世界	shìjiè	world
事情	shìqíng	matter
尸体	shītǐ	dead body
失望	shīwàng	disappointment
手	shǒu	hand
收	shōu	to receive
收拾	shōushí	tidy
书	shū	book
树(木)	shù (mù)	tree
舒服	shūfú	comfortable
谁	shuí	who
水	shuǐ	water
睡(觉)	shuì (jiào)	to sleep
说(话)	shuō (huà)	to say
熟悉	shúxī	familiar
四	sì	four
死	sǐ	die
寺庙	sìmiào	temple

送(给)	sòng (gěi)	to give a gift
岁	suì	years of age
虽然	suīrán	although
所以	suǒyǐ	so
所有	suǒyǒu	all
他	tā	he, him
她	tā	she, her
它	tā	it
太	tài	too
态度	tàidù	manner, attitude
痰	tán	phlegm
躺	tǎng	to lie down
讨论	tǎolùn	to discuss
特别	tèbié	special
疼	téng	pain
天	tiān	day, sky
条	tiáo	(measure word for narrow, flexible things)
跳	tiào	to jump
跳动	tiàodòng	to beat, heartbeat
条件	tiáojiàn	condition
听	tīng	to listen
停(止)	tíng (zhǐ)	to stop
亭(子)	tíng (zi)	pavilion
听说	tīng shuō	it is said that
同	tóng	same
痛(苦)	tòng (kǔ)	pain, suffering
同学	tóng xué	classmate
同情	tóngqíng	compassion, pity
同意	tóngyì	to agree
通知	tōngzhī	notify
头	tóu	head
投胎	tóutāi	reincarnation
吐	tǔ	to spit out
土地	tǔdì	land
突然	túrán	suddenly

外(面)	wài (miàn)	outside
完	wán	finished
玩	wán	to play
往	wǎng	to
网	wǎng	net
忘(记)	wàng (jì)	to forget
完全	wánquán	completely
晚上	wǎnshàng	evening, night
味道	wèidào	taste, smell
为什么	wèishénme	why
闻	wén	to smell; to hear
问	wèn	to ask
问题	wèntí	problem, question
文章	wénzhāng	article
我	wǒ	I, me
无	wú	no, without
五	wǔ	five
屋	wū	nest, den
屋(子)	wū (zi)	small house, room
洗	xǐ	to wash
下	xià	down, under
仙	xiān	immortal, celestial being
像	xiàng	like, to resemble, statue
向	xiàng	towards
想	xiǎng	to want, to miss, to think of
箱	xiāng	box, suitcase
想要	xiǎng yào	would like to
想念	xiǎngniàn	miss
想起	xiǎngqǐ	to recall
向上	xiàngshàng	upwards
相信	xiāngxìn	to believe, to trust
先生	xiānshēng	sir, gentleman
现在	xiànzài	just now
笑	xiào	to laugh
小	xiǎo	small

消灭	xiāomiè	wipe out
小心	xiǎoxīn	careful
写	xiě	to write
些	xiē	some, a few
谢谢	xièxiè	thank you
习惯	xíguàn	habit
喜欢	xǐhuān	to like
心	xīn	heart/mind
新	xīn	new
姓	xìng	surname
醒(来)	xǐng (lái)	to wake up
行李	xínglǐ	luggage
辛苦	xīnkǔ	hard
心脏	xīnzàng	heart
修	xiū	to repair
休息	xiūxí	to rest
希望	xīwàng	to hope
学(习)	xué (xí)	to learn
血	xuě, xuè	blood
学校	xuéxiào	school
学者	xuézhě	scholar
需要	xūyào	to need
牙(齿)	yá (chǐ)	tooth, teeth
眼(睛)	yǎn (jīng)	eye
烟(雾)	yān (wù)	smoke
淹死	yān sǐ	to drown
样子	yàngzǐ	to look like, appearance
颜色	yánsè	color
要	yào	to want
妖怪	yāoguài	monster
要害	yàohài	crucial
邀请	yāoqǐng	to invite
要求	yāoqiú	to request
要是	yàoshi	if
也	yě	also

叶(子）	yè (zi)	leaf
也许	yěxǔ	maybe
以	yǐ	with, by means of
一	yī	one
衣(服)	yī (fu)	clothes
意(思)	yì (si)	meaning
意(思)	yì (si)	meaning
一边	yībiān	on the side
一点(儿)	yīdiǎn ('er)	a little, a bit, a small amount
一定	yīdìng	must
一个人	yígè rén	alone
以后	yǐhòu	after
一会儿	yīhuǐ'er	a while
已经	yǐjīng	already
应该	yīnggāi	should
阴间	yīnjiān	underworld
因为	yīnwèi	because
一起	yīqǐ	together
以前	yǐqián	before
一切	yīqiè	everything
以为	yǐwéi	to think, to believe
一直	yīzhí	always, continuously
用	yòng	to use
永远	yǒngyuǎn	forever
又	yòu	again, also
有	yǒu	to have
友	yǒu	friend
有钱	yǒu qián	wealthy
有时	yǒu shí	sometimes
有点	yǒudiǎn	a little bit
有事	yǒushì	sometimes
游戏	yóuxì	game
鱼	yú	fish
与	yǔ	and, with
远	yuǎn	far

愿(意)	yuàn (yì)	willing
原因	yuányīn	reason
院子	yuànzǐ	courtyard
月(亮)	yuè (liang)	month, moon
越来越	yuè lái yuè	more and more
云	yún	cloud
允许	yǔnxǔ	allow
于是	yúshì	then
再	zài	again
在	zài	in, at
再见	zàijiàn	goodbye
脏	zāng	dirty
早上	zǎoshang	morning
怎么	zěnme	how
怎么办	zěnme bàn	what to do
怎么样	zěnme yàng	how about it
站	zhàn	to stand
长	zhǎng	to grow
张	zhāng	open, (measure word for pages, flat objects)
丈夫	zhàngfū	husband
照	zhào	according to
找	zhǎo	to search for
照顾	zhàogù	to take care of
招呼	zhāohu	to greet
着急	zhāojí	in a hurry
着	zhe	(indicates action in progress)
这	zhè	this
这里	zhèlǐ	here
这么	zhème	so
阵	zhèn	(measure word for gusts, spells)
真	zhēn	true, real
正	zhèng	correct, just
正常	zhèngcháng	normal
整理	zhěnglǐ	tidy
正在	zhèngzài	(-ing)

真是	zhēnshi	really
这样	zhèyàng	such
只	zhǐ	only
只	zhī	(measure word for animals, utensils)
知(道)	zhī (dào)	to know
之后	zhīhòu	after, later
直接	zhíjiē	direct
之前	zhīqián	before
只要	zhǐyào	as long as
种	zhǒng	kind, type
中	zhōng	in, middle
中午	zhōngwǔ	noon
终于	zhōngyú	at last
周围	zhōuwéi	around
住	zhù	to live, to hold, (verb complement)
煮	zhǔ	to cook
抓(住)	zhuā (zhù)	to arrest, to grab
爪(子)	zhuǎ (zi)	claw, paw
转	zhuǎn	to turn
转世	zhuǎnshì	reincarnation
追	zhuī	to chase
准备	zhǔnbèi	to prepare
桌(子)	zhuō (zi)	table
子	zǐ / zi	son, child
自己	zìjǐ	oneself
仔细	zǐxì	careful
走	zǒu	to go, to walk
嘴	zuǐ	mouth
最近	zuìjìn	recently
做	zuò	to do
坐	zuò	to sit
座	zuò	seat, (measure word for mountains, temples, big houses)
做事	zuòshì	work
昨天	zuótiān	yesterday
作为	zuòwéi	as

About the Author

Yunjie Xiong holds a Master's degree in Applied Science and has six years of experience as a freelance writer and translator. Her lifelong passion for reading and language began at an early age and continues to thrive. She specializes in writing and translating technical documents and reports in mechanical engineering, physics and managing carbon emissions, and fantasy novels about Chinese myths.

When she's not writing, Yunjie enjoys playing video games, reading books on her own, and selecting books for her children. She believes that reading sparks curiosity, nurtures imagination, and imparts valuable life lessons through various stories, helping to prepare children for the future.